W0205038

btb

Aus Freude am Lesen

In der Ortlosigkeit eines Flughafens kreuzen sich die Lebenslinien dreier Menschen. Eine erschöpfte Magazinphotographin gerät vor dem Riffaquarium der Transithalle in den Schwindel fragmentierter Reisebilder aus Afrika und Asien. Sie empfindet eine seltsame Nähe zu dem Mann, der hier die stillen Tiere pflegt wie seine Kinder. Während sich zwischen den beiden eine verschwiegene Liebe entwickelt, geht nebenan im Raucherfoyer eine Ehe zu Ende. Variiert werden im Wendekreis der Fische die Muster von Sehnsucht, Einsamkeit und Paarung …

»Klug. Bewegend. Zärtlich.«
Neue Zürcher Zeitung

Angelika Overath wurde 1957 in Karlsruhe geboren. Sie arbeitet als Reporterin, Literaturkritikerin und Dozentin und hat die Romane »Nahe Tage« und »Flughafenfische« geschrieben. Der Roman »Flughafenfische« wurde u. a. für den Schweizer Buchpreis nominiert. Ihre Reportagen sind mit dem Egon-Erwin-Kisch-Preis ausgezeichnet worden.

Angelika Overath

Flughafenfische

Roman

btb

für Barbara Spengler-Axiopoulos

Μ΄αεροπλάνα και βαπόρια
και με τους φίλους τους παλιους

* Me aeroplana kai vaporia/kai me tous filous tous palioús (Mit Flugzeugen und mit Schiffen/und mit den alten Freunden) ist eines der bekanntesten Lieder von Dionysis Sawopoulos. In der schönsten Aufnahme singt er es zusammen mit Sotiria Bellou.

I TOBIAS

Es war einer jener langen, unbedeutenden Nachmittage, und es sollte doch der letzte seiner Art sein. Und auch als es später Nachmittag, wohl Abend geworden war in dieser Halle ohne Zeit, und als die Nacht begann mit all den gleißend weißen und bunten Lichtern draußen vor dem Glas und als der Nebel zu einer Wand gewachsen war und die Rollfelder, die Start- und Landebahnen und die Flugzeuge einfach weggenommen hatte, selbst dann noch, als manche, wider jede Notwendigkeit, schon auf das Morgenlicht warteten (warum sollte die Sonne denn nicht aufgehen über den silbernen Betonbändern und dem tintigen Gras?), da gehörte dies alles immer noch zu jenem langsamen Nachmittag, der damit begonnen hatte, daß Tobias' Augen auf der Bauchhaut des Rochen lagen.

Er stand vor dem Aquarium.

Der Rochen klebte flach mit ausgebreiteten Seitenflossen am Glas. Seine Unterseite war milchig weiß. Und Tobias spielte gerne mit diesem Blick, bei dem er sich selbst sah (nur ein wenig, nur als Schemen mit blaßdunklen Gesichtszügen) und zugleich denken konnte, er sähe einen andern.

Einen Mann, einen Fremden, der interessanter war als er, einen Reisenden im Staubmantel vielleicht und mit Hut, einen, den er gerne kennenlernen würde.

Manchmal kam er dann einen Schritt näher und starrte in die zwei dunklen Öffnungen über dem Mund des Tieres, die so aussahen, als könne der Rochen mit ihnen sehen.

Ein Gespenst, kreischte es, schau, ein Gespenst!

Er drehte sich weg. (Immer wenn der Rochen so dahing, kreischte bald irgendein Kind.)

Ein Mädchen in rosageringelter Filzweste streckte jetzt seinen Zeigefinger gegen die dicke Scheibe und zog ihn schnell, in erschrockener Lust, wieder zurück. Nun sah es sich um, als suche es nach einem Echo seiner Begeisterung. Der Rochen klebte weiter an der Scheibe. Sein geschwungener schwarzer Mund stand offen wie ein kleines Lächeln. Seine Nasenlöcher gaben ihm ein täuschendes Angesicht. Mit den flachen Flossen bot er sich an wie ein Gekreuzigter.

Tobias sagte nichts.

Das Mädchen wippte vor dem Glas. Es trug einen kurzen, dunkelblauen Faltenrock, der sein Hüpfen optisch verstärkte.

Wie eine beschleunigte Qualle, dachte Tobias.

Ein Rochen, sagte müde ein Mann. Langsam trat er von hinten an das Kind und legte ihm die Hand auf die Schulter, das ist ein Rochen. Von unten gesehen. Schau, das da ist der Mund, und da, die zwei Öffnungen, die Kiemen.

Auch falsch, dachte Tobias, die Kiemen liegen tiefer.

Einst hatten Seefahrer Rochen mitgebracht, auf den Schiffen getrocknete Rochen, die sie an Land als Wasserfrauen verkauften. Nur ein wenig zurechtgeschnitten, da und dort etwas abgebunden, und schon hatten diese Fische weibliche Körper, etwas Engelhaftes auch. Geigenrochen, dachte Tobias, bewiesen die Existenz von Nixen. Jeder konnte sie anfassen. Und mit den Fingerspitzen über die spröden Falten ihrer nun fast gläsernen Haut fahren.

Ein Gespenst, schrie das Kind, mit Gespensteraugen! Schau doch, schau doch mal.

Tobias senkte den Blick. Er kannte diese Szene in ihren täglichen Varianten. Sie gehörte zum Rochen wie seine weiße Bauchmaske, wie seine geöffneten Seitenflossensegel.

Vater und Tochter standen an der Scheibe.

Willst du etwas trinken, fragte der Vater, als müsse er das Kind ablenken. Das Mädchen nickte. Der Vater nahm seinen Rucksack von der Schulter und dirigierte die Tochter zu der Reihe von Plastiksesseln, die in einem geringen Abstand vor dem Aquarium standen. Bald saßen beide nebeneinander und sahen auf das kleine Meer, das hier im Flight Connection Centre die fensterlosen Fluchten der Einkaufsareale abteilte vom Oval einer Ruhezone, deren Glasfront einen weiten Panoramablick auf die Flugzeuge bot.

(Unter anderem ist es ein Raumteiler, dachte Tobias, unter anderem.) Es war ein buntbewegter Glaskörper, ein Segment Lagune, wie aus einem Ozean herausgeschnitten. Eine professionell arrangierte, bemessene Portion Korallenriff.

Das Mädchen sog selbstvergessen an einem gebogenen

Trinkhalm und schaukelte mit den Beinen. Tobias sah seine mageren Waden und darüber die Knie, die aus den Gummistiefeln stiegen wie feine Gliedmaßen einer Gelenkpuppe. Der Vater hatte sich zurückgelehnt und die Augen geschlossen.

Tobias war nie in Siena gewesen. Aber vieles kannte er aus Filmen. Das war leichter. Er mußte nicht reisen, er mußte nicht reagieren. Er konnte sehen, blieb aber selbst unsichtbar. Filme sahen nicht zurück. Wenn er Filme sah, gaben andere Augen den seinen Halt. Die alten Bäder von Bagno Vignoni zum Beispiel, er sah sie, wie Tarkowski sie gesehen hatte. (Er mochte seine verzögerten Blicke.) Und dort gab es am Ende so ein Mädchen, ein Mädchen, das unvermittelt dasitzt in den verlassenen Becken. Überall steht das Wasser, alles tropft, und der schweifende, der unsichere, ja, der wohl haltlose Dichter – es war doch ein Dichter? –, er weiß nicht wohin mit seinem Leben, und da sitzt das Mädchen mit seinen Gummistiefeln. Sitzt einfach da. Wie ein Beweis. Und Tobias wußte nicht mehr, ob das Mädchen nun lachte oder nur gerade so mit den Beinen wippte. Aber wie es dasaß und ihn ansah (ohne ihn zu sehen, er wußte das schon), war das Leben entschieden. Zum Guten entschieden. Auf einmal war klar, daß es weiterging. Ohne Grund. Oder nur aus diesem einen nicht stichhaltigen Grund, daß da das Mädchen saß und mit den Beinen schaukelte. Die Füße in den großen Gummistiefeln. Weiter konnte man das nicht erklären. Diese Gummistiefel waren ja auch komisch. Was sollten denn Gummistiefel noch retten, angenommen – und der Dichter sah es wohl so – die

Welt würde untergehen? Jedenfalls, erinnerte Tobias sich, war der Film nach diesem Bild zu Ende.

Tobias sah den reisenden Vater an. Er hatte die Hände in seine Jacke gesteckt, eine Allwetterjacke mit vielen Taschen, wie sie Photographen oft anhaben, und den Kopf nach hinten gelegt. Fast schien es, als wolle er Kraft schöpfen während kostbarer Sekunden heimlicher Abwesenheit. (Aber er war ja da.) Dieser Vater würde nicht einschlafen, auf keinen Fall, aber er nahm sich diesen einen Moment, den das Kind ihm gab. Das Kind sog an seinem Trinkhalm, schaukelte mit den Beinen, sah zu den Fischen, die aus den Felsen herausschwammen und wieder verschwanden in einem Gewoge, bunt wie zuckrige Süßigkeiten aller synthetischen Geschmacksrichtungen. Es glaubt vermutlich, dachte Tobias, man kann das alles lutschen. So wie es saugend hinsieht, schmeckt es die Blumentiere schon.

Tobias fuhr langsam das Gesicht des Vaters ab. Er weiß nicht, dachte er dann, daß ich Spezialist bin. Er weiß nicht, daß ich sammle.

Tobias Winter war Aquarist. Er war verantwortlich für das 200 000-Liter Meerwasserbecken hier in einem der größten Flughäfen der Welt. Vor sieben Jahren hatte er dieses Aquarium mit aufgebaut. Kein Plastik, keine toten Kalkskelette. Der Sponsor hatte darauf bestanden, daß es ein ganz und gar natürliches Aquarium sein solle, nur lebende Steine, Korallen, Anemonen, Schwämme, Algen, Muscheln, Krebse, Fische. Es handelte sich bei dem Auftraggeber, das hatte er erst später erfahren, um eine Gesellschaft, die auf futuristische Innenräume spezialisiert war. In Dubai etwa bauten sie Hallen, in denen man Ski fahren konnte, auf künstlichem Schnee, mit Schweizer Liftanlagen in einer Alpenklangkulisse unter Sonnenlicht aus Speziallampen. Tobias vermutete, daß es sich bei seinem Riffaquarium um ein Pilotprojekt handelte. Er hatte gehört, daß man auch an vollklimatisierten Hotels unter Wasser arbeitete. In gläsernen Aufzügen fuhren die Reisenden in die Tiefe, trockene Taucher, die dann hinter den bruchsicheren Panoramafenstern ihrer Unterwasser-Appartements lebten. Draußen schwammen Haie vorbei, Riesenkraken, Schildkröten tauchten. Kelpwälder wogten. So schien Tobias der teure Riffaufwand im Flughafen zwar groß, aber doch nur Teil eines größeren Denkens zu sein. Er selbst war nur ein unscheinbares Glied ganz anderer Vorhaben.

Und doch war er, Tobias Winter, gelernter Schreiner, später Verkäufer in einem internationalen Tierfachhandel, gefunden worden, um für diesen Unterwasserkosmos im Flughafen zu arbeiten. Einer der Manager hatte ihn angesprochen, als er in seiner blauen, durchnäßten Schürze vor einem Quarantänebecken stand und dabei war, Fische umzusetzen. Man hatte sich dann eine Weile unterhalten. Tobias Winter hatte sofort zugesagt. Er glaubte nicht an Zufälle.

Für den Aufbau und die Installationen hatten sie ihm Handwerker und Techniker zur Seite gegeben, aber er hatte das Becken dann alleine eingefahren. Eine behutsame Arbeit von Monaten. Allein bis die Ionenzusammensetzung stimmte und das Wasser richtig reifte! Kein Mensch, der die Fische hier schwimmen sah, so im Vorübergehen, wußte ja, was das hieß. Und nun wartete er sein Ozeanriff im Flughafen. Er fütterte die Fische (die Seepferdchen von Hand, sie waren zu langsam), kontrollierte den Algenbewuchs, putzte die Scheiben, saugte die Korallen ab. Er prüfte die Komponenten der verschiedenen Filter und reinigte sie, er sah nach den Umwälzanlagen, er wechselte die Halogenleuchten aus. Er war der Hausmeister seines Meeres. Fast alle Fische kannte er persönlich. (Bei den Schwarmfischen war er sich nicht immer ganz sicher.) Manche kannten wiederum ihn, glaubte er, oder sie erkannten zumindest die Geste, wenn er von oben kleingeschnittenes Muschelfleisch streute, winzige Krebse, Bananenstückchen, Salat. Dann näherten sie sich, kamen hoch an die Wasseroberfläche. Schnappten nach seiner Hand. Das waren die Augenblicke, in denen Tobias Winter von sich als einem glücklichen Menschen gesprochen hätte.

Mit den Jahren aber hatte er kleine, zunächst kaum irritierende Veränderungen an sich wahrgenommen. Sein prüfender Blick auf das Leben der Fische war, ohne daß er es gewollt hätte, immer öfter und länger auf die Reisenden übergegangen. Wenn sie herabkamen aus der Höhe der gläsernen Halle, Flügellahme auf elektrischen Treppen, über mobile Bänder gleitend mit ihren Rollkoffern, registrierte er sie als Schwarm. Und dann war es gerade so, als ob er seine professionelle Fisch-Aufmerksamkeit nicht schnell genug auf Unschärfe stellen oder ganz ausblenden könnte. Diese Reisenden kamen ihm unter als Umgeleitete, Verirrte aus allen Kontinenten, ein exotischer Fang. Hatten sie den Zoll passiert, strömten sie ohne Ziel in die Halle, ließen sich von den Spiegelbrechungen der Verkaufslabyrinthe anziehen, den Cafés und Bars. Nach und nach nahmen sie Orientierung auf. Ihre Blicke suchten die Startpläne, die in einem Lamellengefieder über ihren Köpfen rauschten und ihr Dasein hier bestätigten. Sie beruhigten sich mit der Buchstabensicherheit einer Ankunft. Hongkong. Frankfurt. Tel Aviv. Am Anfang war das Wort, das im Wirbel der Plättchen um sich schlagend verschwand. Und wieder auferstand, um eine Zeitposition verrückt. Rote oder grüne Lichtsignale gaben ihm Geleit. Reisende glaubten an die Metamorphosen dieser Namen mehr als an die Gestirne. Sie würden nach den flimmernden Anweisungen dieser kühlen Poesieautomaten fliegen. Tokio. Kyoto. Athen. Kamen solch kontrolliert Schweifende wie blind an sein Glas, hatte er sie schon als Fisch verbucht. Seine Blickkontrolle schloß sie einfach mit ein, wie der Beobachtungszwang eines Schäfers vermutlich nicht nur das wolkige Sprengel seiner Schafe im Blick hat, sondern auch das Leben der Hasen notiert, den Wildwechsel der Rehe, das hormonell gesteuerte Wandern der Kröten im März. Im April, im April.

April is the cruellest month, breeding
Lilacs out of the dead land, mixing
Memory and desire.

Tobias sah weg von dem müden Vater. Er kannte die Wege der Transitreisenden. Er konnte Physiognomie und Handgepäck verbinden, Eßverhalten und Ruhestellungen verorten. Nie sprach er mit ihnen. Das heißt, wenn sie ihn nicht ansprachen und, was in letzter Zeit leider zunehmend vorkam, etwas wissen wollten. Seit neuestem stand er im Faltblatt des Flughafens, mit Bild, er neben seinem Aquarium: »Fragen Sie unseren Tierpfleger Tobias Winter.« Was sollte er machen? Er antwortete. Dafür war er jetzt auch da. Und obwohl es ihm schwerfiel, bemühte er sich um ein angemessenes Gespräch. In einem Dokumentarfilm über den Seemann Joseph Conrad war von dessen »situationsbedingter Homosexualität« die Rede gewesen. Er hatte sich den Film mehrmals angesehen. Und in der Abfolge schöner Männer (die Matrosen gefielen ihm) hatte er begriffen, daß man ihn, Tobias Winter vor seinem Aquarium, wohl als situationsbedingt gesprächig bezeichnen müßte.

Natürlich war dieses Aquarium interessant. Es war ungewöhnlich. Spektakulär. Es war eine Kostbarkeit, es war vermutlich das Beste, was die Reisenden auf ihren Reisen zu sehen bekamen. Aber wer von ihnen schaute schon genau hin?

Hatten sie sich jemals Gedanken gemacht über die komplizierte, die letztlich unbegreifbare Lebensgemeinschaft eines Korallenriffs? Doch wer war denn er, Unwissende zu beschämen? Ruhig stand er Rede und Antwort. Auch wenn sie die falschen Fragen stellten. Auch wenn er lieber geschwiegen hätte. Die Fische redeten ja auch nicht.

Er sah die Passagiere in einem besonderen Licht, in einem gemäßigten Fluidum, das sie selbst natürlich nicht wahrnahmen. Das hatte er vor dem Glas, vor den Fischen gelernt, die sich nicht erklärten, nur in ferner Nähe wort- und berührungslos hinter der Scheibe schwammen, sich drehten, einzeln eine geheime Spur verfolgten, im Schwarm erschraken und leicht wie ein Wimpernschlag wendeten, ein buntes Mobile von nie verstandenem Eigensinn. Man kann nicht mit Fischen leben, dachte er oft, wenn man nicht sehen kann. Und mit Menschen lebte Tobias Winter am leichtesten, wenn er sie als ein schwimmendes Muster begriff, als eine in sich bewegte Wassertapete.

Der Rochen hatte sich von der Scheibe gelöst. Langsam war er in den Sand hinuntergeglitten. Eine leise Wellenbewegung ging durch seinen Körper. Er wirbelte den Boden auf und legte sich still in ihm ab. Eine wunderbare Mimikry. Der gesprenkelte Rochen hatte sich im grobkörnigen Sand unsichtbar gemacht.

Unter den Reisenden aus allen Kontinenten, die an ihm vorüberkamen, war Tobias Winter ein Hindernis. Ein Widerstand in den Wogen der Weltenfahrer. Er gehörte nicht zu ihnen; er reiste ja nicht.

Und doch war er ständig unterwegs. Er war verbunden mit den andern, denen es erging wie ihm. Er war sicher, sie waren eine besondere Gemeinschaft. Auch wenn sie sich nie sehen würden, gehörten sie zueinander, wußten voneinander, waren sich nah, namenlos. Sie waren einander Gedanken-Echo über den Erdball, wo der Tag des einen die Nacht des anderen war. Und die durchwachte Nacht in den müden Tag tauchte. Sie waren die, die nicht schliefen. Mitglieder einer geheimen Loge. Aber seit er sammelte, mußte er nicht mehr schlafen. Er hatte eine Aufgabe. Er war einer von ihnen, und er gab acht. Was sie von ihm wußten, darauf kam es nicht an. Was weiß der Schwarm vom Fisch? Aber er, Tobias Winter, sammelte. Er sammelte für die, die nicht schlafen konnten. Er arbeitete an einem Stoff. Er bewahrte im Gedächtnis, was die Reisenden taten, wenn sie schlafen wollten und nicht schliefen. Er sammelte ihre Müdigkeiten. *Memory and desire.* Ja, er sammelte und klassifizierte sie. Für sich. Und für alle. Denn es war wichtig, daß einer aufmerksam war. Was er sich merkte, was er registrierte, das würde gelten, und all dieser nicht geleistete, dieser nicht gekonnte Schlaf würde dann doch etwas wert sein, wenn er ihn behielt. Es wäre eine Art Schlaf-Futter, eine Art Schlaf-Unterfutter für einen heiligen Mantel, der all jene umschloß, die müde waren und nicht schliefen.

Natürlich konnte man Müdigkeiten sammeln und auswendig lernen. Er zumindest konnte es. Man mußte beobachten und es sich merken. Vielleicht tat er es so, wie andere (andere, die eben selbstverständlich schliefen) schöne Sätze aus besonderen Büchern auswendig lernten: *Die Sibylle habe ich nämlich in Cumä mit eigenen Augen gesehen. Sie hing in einer Flasche, und als die Knaben sie fragten: ›Sibylle, was willst du?‹ antwortete sie: ›Sterben will ich.‹*

Es war ein komisches Buch. Ziemlich schmal, blauer Einband, abgegriffen. Verse und Anmerkungen. Sehr viele Anmerkungen. Er hatte keine rechte Ahnung, was das war. Aber er hatte es an sich genommen, als er es auf einem der Plastiksessel gefunden hatte. Und dieser erste Satz, damit ging es ja los, hatte ihn sofort beschäftigt. Sibylle in einer Flasche. Dann war die Prophetin eine Nixe, eine Meerjungfrau, gefangen in einem Aquarium. Kein Geigenrochen auf dem Seemannsmarkt. Sondern echt. Hier an dieser Stelle kam das Wasser ja noch nicht vor. Aber später. *The sound of water only.* Und Tobias sah den Zusammenhang. Immer wieder hatte er in dem Buch gelesen. (Warum eigentlich?) Er hatte das Buch nur gefunden (Strandgut, das von den Reisenden übrigblieb; sie ließen vieles liegen). Und doch hatte er manchmal geglaubt, das fremde Buch spreche gerade zu ihm.

Falling towers
Jerusalem Athens Alexandria
Vienna London
Unreal

Es gab vielerlei und ganz verschiedene Müdigkeiten. Da waren zufrieden Müde und traurig Müde, Paare waren (jedenfalls meistens, wie er beobachtete) gemeinsam müde, anders als Einzelreisende. Sie hatten auch in der Fremde schon eine heimatliche Weichheit aneinander, eine hingebungsgewohnte Müdigkeit, die sich an der Schulter des anderen beruhigte. Einzelreisenden fehlte das ganz. Sie scheuten, sie schämten sich noch ihrer Müdigkeit und versuchten hinauszuzögern, was jene sich schon längst gestatteten. Tiere wiederum waren wieder anders müde. Ein Hund schläft, kaum daß er müde ist, seinen wachen Sekundenschlaf, aus dem ihn jede Bewegung seines Herrn wecken wird. (Natürlich lebt er ohne die Aura der Schlaflosigkeit.) Das alles waren im Grunde erst grobe Raster, mit denen noch nichts anzufangen war. Aber er sammelte ja noch.

Ihn interessierte der sonderbare, ziehende Schmerz, das Flimmern, der Sog von Schlafentzug. So war er hinter dem Schlafbegehren her wie ein Jäger.

Dieser Vater dort, dachte er jetzt, entspannt sich in Lauerstellung. Er hat einen Instinkt ausgebildet, der ihn sofort alarmierte, würde sich das Kind mit einem kleinen Hopser von der Sitzfläche des Stuhls entfernen. Vermutlich riecht er das quirlige, quietschende Mädchen auf eine maximale Entfernung. Noch mit geschlossenen Augen bewacht er es. Er wird das kleine Herdentier, mit dem er loszog, wieder nach Hause bringen müssen, sonst verstößt er gegen die Rituale seines Rudels. Und da er das weiß, opfert er ihm nun sein letztes, er opfert dem Kind seinen Schlaf.

Tobias Winter lebte jenseits von Kindern und Göttern. Er war eher bescheiden in dieser Welt. Er hatte vielfarbige Fische aus verschiedenen Ozeanen aufgenommen; in seinem Aquarium beheimatete er Exemplare aus fast allen tropischen Meeren. Ihm unterstand ein globales Riff, das es in Wirklichkeit nicht gab, das allerdings existierte, weil er es gebaut hatte und unterhielt. Steinkorallen, Weichkorallen, pumpende Xenien, geweihstolze Gorgonien, Anemonen, Fische, Fische über fließende Gärten von Blumentieren, und vielleicht waren sie es, die ihn nicht schlafen ließen. Die seinen Schlaf dem eines Hundes ähnlich machten, nervös und aufmerkbereit. Ohne Tobias gäbe es diese stillen Wesen eben nicht. Nicht hier, in einem der wahnsinnigsten Flughäfen der Welt. Darauf war er stolz. Und so, wie sie unter seinem sorgenden Blick lebten, gab es sie auch nirgendwo anders. In keinem natürlichen Wasser schwammen Fische in dieser Kombination zusammen. Auch kein anderes Becken sah aus wie das seine. Aquarien sind künstliche Räume, die leben. Es ist nicht möglich, daß es zwei identische Aquarien gibt.

Er hatte die niederen Tiere, was heißt denn nieder, er hatte die Fische hier eingesetzt, er hielt sie am Leben. Er war es, der die abgemessene Welt im salzigen Fluten garantierte. Nitratgehalt, Sauerstoffgehalt, Temperatur, Strömung. Kaum einer machte sich darüber Gedanken. Leuchtende Schönheit. Ja sicher. Aber wie gefährdet! Fressen die Seesterne, die Fische die Korallen an? Fressen die Fische sich untereinander auf? Nesseln die wandernden Anemonen die Korallen, die Fische zugrunde? Setzen die festsitzenden, nesselnden Korallen mit Hilfe der Strömung den Anemonen zu? Doch alles war noch viel komplizierter. Korallenriffe waren ein Indikator. Und vielleicht schlief er auch deshalb nicht. Denn wie könnte einer, der das alles wußte, denn schlafen?

Gut, er war verantwortlich für dieses eine Aquarium im Flight Connection Centre. Aber es ging doch um mehr. Hier strömten nicht nur täglich Reisende aus allen Kontinenten zusammen und sammelten sich für kurze Zeit, um wieder in andere Himmelsrichtungen zu starten, hier berührten sich auch die Wasser der Welt.

Tobias sprach mit niemandem darüber. Aber er nahm die Ströme wahr. Er spürte, wie sie insgeheim durch diesen geographischen Punkt liefen. Und er stand in Verbindung mit allen. Er war der stille Messias der Meere. Denn es sind, das wußte er, sehr oft die nebensächlichen Dinge, die die großen bestimmen. Und Domenico, hieß dieser alte Mann in Bagno Vignoni nicht Domenico, jedenfalls der alte Mann wußte das auch. Eine Kerze durch das aufgegebene Wasserbecken tragen, eine Kerze durch das Wasserbecken, das der Heiligen Katharina geweiht war. Das war seine Aufgabe. Und es war ganz egal, daß nur er diese Aufgabe verstand. Und wenn die Durchquerung des Wasserbeckens gelang, ohne daß die Kerze erlosch, dann war die Welt – (Vielleicht sind die Bescheidenen doch unbescheiden, dachte Tobias manchmal. Aber die Bescheidenen, auch das wußte er, würden nicht töten, sie würden eine Kerze tragen, eine flackernde Kerze durch ein aufgegebenes Bassin.)

Unermüdlich schaufelte der Krebs wieder Sand aus seiner Höhle. Die Grundel bewegte sich davor hin und her wie eine somnambule Tänzerin. Unter allen Paaren im Aquarium, und es gab hier die seltsamsten Lebensgemeinschaften, gefielen Tobias diese beiden am besten. Der Krebs war blind, die Grundel hingegen sah gut und konnte drohende Gefahr erkennen. In fragiler Transparenz, ein Hauch von Tier, war sie doch sein Sicherheitssystem, mit ihren langen Fühlern blieb sie in Körperkontakt mit seinem Krustenpanzer, seinen festen Zangen. Unter ihrer Aufmerksamkeit überlebte er und arbeitete für sie, grub Futter aus, bereitete die Höhle neu. Sie haben sich über ihre Schwächen gefunden, dachte Tobias. Die Grundel kann nicht buddeln, und er sieht keinen Feind. Als Symbiose waren sie sicher. Kaum einer von den Reisenden beachtete dieses winzige, glückliche Drama im körnigen Korallensand. Die langen Fadenfühler, der rote Panzer. Wenn sie zusammen in der Höhle verschwanden, wußte niemand, wie diese sich ewig fremden Tiere dort miteinander hausten.

Eine Kerze tragen. In sinnloser Sicherheit eine Kerze durch ein Wasserbassin tragen. Aber Genauigkeit in diesen Dingen war Reisenden in der Regel fremd. Das war schon mit einem Blick zu erkennen. Reisende waren fahrlässig. Sie schienen zu denken, wenn sie dahin gingen und dorthin gingen, habe das keinerlei Konsequenzen für das Gleichgewicht. Aber Tobias wußte, daß sie sich täuschten. Er sah die Linien, in denen sie sich verstrickten. Und wenn Tobias von den Korallen in den großen Riffen der Welt las, und er las nun immer häufiger davon, dann registrierte er das als persönliche Botschaft.

II ELIS

Das Flugzeug war pünktlich gelandet und zu seiner Parkposition ausgerollt. Wie die anderen Passagiere war auch sie aufgestanden, steif, hatte sich unwillkürlich und dann möglichst unauffällig gestreckt, die Schultern nach hinten durchgedrückt, in Kreisbewegungen gelockert. Sie hatte ihr Gepäck aus der Ablage gezogen, den Mantel genommen und sich in den Gang zu den bereits Stehenden eingereiht. Willenlos war sie den fremden Rücken gefolgt, zielstrebig zur Kabinentür an den Stewardessen vorbei, die den Reisenden nun zum letzten Mal konturiert entgegenlächelten. Sie hatte sich dabei ertappt, wie sie versuchte, einen Blick ins Cockpit zu werfen, eine Gewohnheit aus vergangenen Zeiten. Und schon glitt sie tiefer hinein in den grauen Faltschlauch, durch den die Passagiere umstandslos in das Flughafengebäude geschleust werden sollten. »Finger« hießen die beweglichen Ziehharmonikagänge in der Pilotensprache, das hatte er ihr einmal erzählt in den Tagen, da er ihr noch erzählt hatte von seinem Beruf, um den sie ihn immer beneidete. Ich habe ihn, hatte sie später manchmal gedacht, um sich zu trösten (indem sie ihm seine Einmaligkeit nahm und sich das Besondere des Verlusts), ich habe ihn nur geliebt, weil er ein Pilot war. Ich habe nicht ihn geliebt, nur dieses Fliegenkönnen und vielleicht den Mut zur Verantwortung für so viele Menschen, und dann habe ich geliebt, wie er davon erzählte. Aber das Wort Finger hatte sie nicht überzeugt; sie hatte gefunden, daß es Beinchen waren. Flughäfen, hatte sie gedacht, können wie Insekten Beinchen ausfahren und wieder fallen lassen, und schon wachsen ihnen neue nach. Aber heute, an diesem milchigen Nachmittag (hier sollte es jetzt Nachmittag sein, sie war zu müde zu überlegen, was es nun wäre da, wo sie herkam), fiel ihr nichts mehr ein, kein Bild, das sie in ihrem matten Ankommen aufgeweckt hätte. Die Erfrischung eines Einfalls, dachte sie und gähnte. Mein Gott, der Kick, die Epiphanie, jetzt landen in einem Punkt, wo noch niemand war. Das war doch ihr Job. Verkaufte sie nicht erleuchtete Augenblicke? Eine Photographin für Hochglanzmagazine, eine Augenarbeiterin, die noch im Flugzeug den entscheidenden Moment erkennt. Nein, jetzt nicht mehr. Sie war müde. Und sie durfte es doch sein. Nur ein Zwischenstop. Ein Transit. Morgen (wann war morgen, was war morgen, wenn Morgen war, für eine Tageszeit?) war sie woanders. Und ergeben, selbst nur ein ferngesteuertes Glied eines zufälligen Weichkörpers, ließ sie sich in den Glaskrustenpanzer der Halle voranschieben.

An einem seidigen Morgen vor zeitlosen 17 Stunden (Kolibris, da waren vor dem Flughafen doch noch Kolibris, aufzwitschernd zwischen staubigen Hecken und getürmten Mülltüten) hatte sie Asien verlassen, den Geruch der Frangipangi-Blüten in der Nase, auf der Haut die getrocknete Feuchtigkeit der anderen Luft. Eingewickelt in ihren Mantel, hatte sie länger als die Dauer eines Tages in embryonalen Haltungen im Flugzeugsitz verbracht, einfach nur noch schlafend. Sie konnte sich fallenlassen, sie hatte ihre Arbeit gemacht, sie hatte den Auftrag bis zur Erschöpfung erledigt, die Bilderserien, die sie an die Redaktion gemailt hatte, waren akzeptiert worden (und sicher hatten sich die unermüdlichen Kollegen der Bildpflegeinstanz sofort daran gesetzt, sie zu verschönern).

Während des Flugs war sie manchmal von unregelmäßigen Geräuschen geweckt worden, dann hatte sie sich aufgerichtet und von Plastikschalen, die ihr Frauen mit sicheren Gesichtszügen reichten, Nahrung aufgenommen, um gleich wieder weiterzuschlafen, 10000 Meter über der Erdoberfläche, jeder Entscheidung enthoben, die über die basale Stewardessenfrage hinausgegangen wäre: Chicken, Seafood, Vegetarian? Im Grunde liebte sie diese leeren Stunden im Luftraum. Hier war sie sicher. Hier war sie für eine kurze Weile nicht mehr und für nichts mehr verantwortlich. Sie hatte sich einem geschlossenen Flugkörper übergeben und lebte in der Autorität seiner technischen Leistung. Vor Attentaten hatte sie keine Angst. Weltweit, hatte sie gelesen, sterben jährlich mehr Menschen durch Selbsttötungen als durch Kriege und Aids zusammen. Und die unwahrscheinliche, die exquisite Brutalität eines Todes durch ein Flugzeugattentat schien ihr für ihre Person nicht recht zu passen. (War es luxuriös, von einem passenden Tod auszugehen?) Luxor, dachte sie, die Schweizer Reisegruppe in Luxor, ein Seniorenbildungsausflug. Und dann das Attentat. Sie hatte damals mit einem befreundeten Photographen darüber gesprochen. Die Pyramiden sehen und dann erschossen werden. Er hatte genickt. Und sie ahnte für einen Moment die Möglichkeit eines noch ganz anderen Abenteuers.

Im Flugzeug las sie nicht mehr. Unbeteiligt sah sie hinaus auf die unwirklich-realen Muster der Wolken, der Flußläufe, der Gebirgszüge, der Meere. Sie blinzelte in die blendende Sonnenkugel und befand, daß dies alles sie noch nicht betraf. Sie zog den Mantel über ihr Gesicht. Sofort nahm das vibrierende Brummen der Motoren sie wieder auf, und sie war eingeschlafen.

Und vielleicht flog sie gar nicht. Immer wieder hatte er von Simulatoren-Checks erzählt. Auch erfahrene Kapitäne wie er mußten alle drei Monate in so einen Kasten. Ein Laie würde es nicht merken, hatte er gesagt. Sechs hydraulische Füße, vorne und hinten Scheiben, große Spiegel, über die die Außenbilder eingespielt wurden. Das Cockpit original. Ein Laie würde glauben, er sitze in einem Flugzeug und fliege. Ein Pilot spüre, daß der Simulator nicht richtig beschleunigen kann. In den Kurven fehle das Gefühl, durch die Fliehkraft scheinbar schwerer zu werden. Aber sonst sei es schon ziemlich echt. Anflug auf Lissabon also, Gänse im Triebwerk, ein Triebwerk fällt aus, das zweite fällt aus. Jetzt der Versuch, die Landung segelnd zu leisten. Bis zur Brücke, dann um die Kurve. Sie simulierten Grenzsituationen zur Sicherheit. Der Prüfer, der hinter dem Piloten sitzt, wolle sehen, wie der Pilot unter Zeitdruck in Ruhe eine Entscheidung herbeiführen kann, die beste Entscheidung. Und sie dann umsetzt.

Es müßte einen Simulator für den Tod geben, hatte sie einmal zu ihm gesagt, zur Sicherheit. Das Leben ist ein Simulator, hatte er geantwortet.

Die Wege zur Toilette waren ihr eine kindische Abwechslung. Sie ging leicht schwankend durch den Gang, probierte die Schulterkugeln aus, schüttelte die Beine, wippte. Sah sich um. Manchmal die Idee, man könnte einfach aussteigen. Sie sah in die Gesichter der Reisenden, aufgereiht in ihren Sitzen. Und schon hatte ein unwillkürliches Suchen begonnen, ein Überprüfen auf Intensität, eine berufsbedingte Wahrnehmungsstörung, für die sie sich schämte.

In der engen Metallkammer roch es stark nach dem Parfüm, das schwer wie Öl in dem schwenkbaren Glasspender lag. Und wieder – noch immer nach all den Jahren des Reisens – erschauerte sie, wenn das tiefblau gefärbte Spülwasser in Schlieren die metallene Schüssel hinablief, mit einem laut pfeifenden Ton abgesaugt wurde und blitzartig unter einem letzten gurgelnden Schmatzen in der kleinen Öffnung verschwand. Es waren die einzigen Momente, in denen ihr in einem Flugzeug schwindelig geworden war.

Der Schlauch war breiter geworden, vermutlich befand sie sich nun schon im Flughafengebäude. In der Höhe des Ganges hatten die gelben Orientierungsschilder begonnen, die die Reisenden Richtung Ausgang oder Transithalle dirigierten. Sie lief über Plastiknoppen, über den längsgeriffelten Grund von Förderbändern. Über Marmorplatten. Dann über Teppichboden. Sie folgte den Rücken der anderen aber nun schon nicht mehr ganz unwillkürlich, denn sie hatte angefangen, ihre Gefolgschaft mit den gelben Schildern abzugleichen. Bald kreuzten Gänge, und das dickflüssige Gemenge der Reisenden begann sich zu teilen. Von den Seiten kamen weitere Personengruppen hinzu. Sie glaubte einen Strom schwarzafrikanischer Passagiere auszumachen, in den sich Frauen in arabischer Tracht mischten. Täuschte sie sich oder hatte sich der Rhythmus der gemeinsamen Fortbewegung beschleunigt? Wir sind ein Volk, skandierte es auf einmal in ihr. Wir sind ein Volk von Umgeleiteten. Unwillkürlich mußte sie lachen. Eine Weltfluggesellschaft.

Wenn die alten Reiseberichte nicht logen, konnte man sich in Kutschen tagelang Novellen erzählen, und noch das Zugabteil war ein guter Raum für eine Lebensbeichte. Was aber geschah hier, wo nichts geschah? Ein blindes Einstimmen von Körpern, ein stummes Sortieren von Lebenswegen in den Bahnen funktionstüchtigen Materials.

Die Luft war schlecht, und ihr war warm geworden. Sie überlegte, ob sie den langen Mantel wieder ausziehen sollte, aber sie wollte ihn nicht über den Arm nehmen. Sie hatte genug an ihrem Notebook und dem Photorucksack. Vor ihr lagen nun Reihen von Rolltreppen, auf denen Menschenketten hinauf- und hinuntertransportiert wurden,

Gänge schnitten den Raum. Sandwichmänner kamen entgegen. Zur wortlos-internationalen Verständigung klebten auf den Brettern, die sie an sich trugen, verschiedene, für den Transport in der Flugkabine verbotene Dinge: kleine Plastikwasserflaschen, Mascarastifte, Zahnpastatuben, Tintenpatronen, Nagelfeilen, Deodorants, Gläschen mit Babynahrung. Das waren die neuen Flugrisiken. Tische tauchten auf, an denen sich die Reisenden eilig dieser alltäglichen Dinge entledigten. Manche tranken noch hastig die mitgetragene Wasserflasche aus. Überall Altäre, dachte sie, mit den Fetischen der Flieger. Auch an den Wänden hatten sich spontane Müllanlagerungen gebildet. Darüber, in Augenhöhe, warb eine Versicherung mit einer farbenprächtigen Serie von Eskimos in Fellen, tätowierten Maoris und halbnackten Indianern für die Kreativität ihrer Anlagefonds.

Endlich öffnete sich eine riesige Halle, in der die Masse der Transitreisenden durch mäandernde Absperrungen zugleich kanalisiert und verdichtet wurde. Selbst hier noch, meist an den Kehren, gab es Inseln der besonderen Abfälle, bunte Plastikkuben, Tuben, PET-Flaschen, Billigfeuerzeuge. Blüten streuen, dachte sie, Räucherstäbchen entzünden, hier möchte ich beten.

Schrittweise bewegte man sich nun in Dreier-, in Viererformationen, eine Reihe hin, eine Reihe her. Einmal links, einmal rechts erschienen die Gesichter derer, die lange hinter einem kamen, einmal rechts, einmal links die, die schon weiter voranrücken konnten. Die Reisenden verschoben sich gegeneinander. Gesichter kamen zurück, verschwanden, kamen. Wurden erkannt und nicht begrüßt und waren schon vorbei. Das kleine Wiedersehen lief ins Leere eines Déjà-vu. Wir sind auf einer Leinwand, dachte sie, wir sind ein Film. Für welchen seltsamen Betrachter? Jetzt der bronzierte Mann mit dem Amulett über der blondbehaarten Brust. Die gegerbte Schöne an seiner Seite, eine tiefdekolletierte Frau, ein alter fitnessgestählter tapferer Körper in hautengem Tigerdesign. Die jüdische Mutter unter der glänzenden Perücke mit einem Pulk von weißstrümpfigen, schwarzjackigen Kindern, deren schwarze Käppchen im Gehen auf- und niedergingen. Die Inderin im seidenen Sari mit dem langwimprigen, schmalen Sohn. Eine Liebesgeschichte aus keiner Nacht und für alle kommenden Morgen. Nun der Manager, anthrazit. Der Begleiter des Managers, grau. Die Sekretärin des Begleiters des Managers, hellblaues Deux Pièces. Die Sekretärin des Managers, türkis. Der Sikh unter dem safranfarbenen Turban. Das irische Tramperpärchen – das mußten Iren sein, bei dieser Haut, diesen Haaren – mit dem viel zu großen Handgepäck. Die österreichischen Freundinnen, rosig, sahnig, wohlgemut, in Flieder, Flachs, Champagner (Schlagobers und Melange). Ein dicker, häßlicher Mann (Trachtenjanker) mit einem dicken häßlichen Hund (fehlender Trachtenjanker). Köpfe wie Konfekt. Wir sind die Reihe, die Serie, wir sind die wahnsinnigen Glückszahlen des heutigen Tags, wir kommen durch. Und dann dachte sie: Bitte nicht umfallen, nicht jetzt, nicht in dieser absurden Polonaise. Mit den Fingerspitzen suchte sie fahrig die Knöpfe ihrer Bluse. Sie blies sich Atem gegen die Stirn. Ihr wurde schwindelig. Ich habe zu wenig Wasser getrunken, dachte sie. In der Hand hielt sie ihren Paß und das Transit-Ticket bereit, obwohl sie wußte, daß das jetzt alles noch gut eine halbe Stunde dauern konnte oder eine Stunde. Und auch viel länger.

III DER RAUCHER

Rauchen gefährdet Ihre Gesundheit, wer hätte das gedacht. Leben ist tödlich. Ich inhaliere. Aber sie kann nichts mehr sagen. Fast vergessen, wie das ist. Diese seltsame Berührung in den Atemwegen. Komische Innenräume. Was man alles nicht von sich kennt. Seit Jahren wieder das erste Mal. Und ich bin in bester Gesellschaft. Ziemlich dicht besetzt hier. Nur daß es so stinkt. Sie haben uns isoliert. Raucherfoyer nennen sie diesen Glaskasten mit den steifen Plastikflügeltüren, die sofort zuklappen, damit der Qualm drinnenbleibt. Klarer Fall von Mobbing. Eine Demütigung. Wenn man nicht drüberstünde.

Ah, aber dieser Zug, dieser kleine Schwindel. Jetzt am Meer sein. Ganz einfach am Meer sein. Eine Brise und der Geruch nach Algen. Dieser Flughafen liegt am Meer, welch eine Idee! So eine hohe, verschwenderische Halle, ein Pomp von Glas und Marmor, eine Übertreibung der Verspiegelung und Durchsicht, Solardächer, die modernsten Photovoltaikanlagen. Alles vom Feinsten. Aber uns sperren sie ein. Mit einer Klimaanlage, die offensichtlich nicht funktioniert.

Und draußen die Reinen. Schön ist es immer, wo die andern sind. Da schlendern sie lasziv vorbei, ziehen Rollkoffer in ungeheurer Wichtigkeit, rennen durcheinander. Sie verlaufen sich, meinetwegen, aber sie folgen ihrem eigenen Bewegungsdrang. Während wir uns hier auf – was schätze ich – 15 mal 5 Metern, höchstens, stumm und dumm anrauchen. Rauchfreier Flughafen, was für ein Witz!

Ich inhaliere.

Wenn man bedenkt, wie schnell sich das ändert. Wie lange ist es denn her, da war Rauchen Distinktion. Keiner kam vorbei an der Kultur des Herrenzimmers. Ein Gentleman, eine Zigarette! Eine Zigarre, Pfeife meinetwegen. Das gehörte einfach dazu, diese Haltung, dieses gekonnte Wegatmen. Das war selbstverständliche männliche Gediegenheit. Der Duft der weiten Welt, die damals noch groß war, ein Pilotengefühl. Weltmännisch.

Dann kamen die Cowboys. Und mit den Cowboys ging es bergab. Bespritzte, gegerbte Männer auf Mustangs. Ordinär. Aber damals, so eine gepflegte Hand, hellblaue Ärmelmanschette, Goldstreifen am Kapitänsjackett, eine Geste gegen die Wolken. Auch Fliegen war einmal was anderes.

Jetzt hocken wir da wie schlappe Stubenfliegen. Billige Bänke. Und Aschenbecher auf Stielen. Wie Ausrufezeichen. Wir sollen uns schämen, meinen die. Dabei beschämen sie uns! Ein ausgegrenzter Raum für Aussätzige. Was rege ich mich auf. Diese Geschmacklosigkeit geht mich nichts an. Ich bin irrtümlich hier.

Nur jetzt. Sonst rauche ich ja nicht.

Soll sie doch.

Leben gefährdet Ihre Gesundheit. Wer das nicht weiß. Und ich trinke. Sie hat selbst gerne ein Glas getrunken.

Weißen Wein. Leicht, kalt. Pinot Grigio, Frascati, Chasselas, sie mochte die einfachen Weine, wie sie in den Dörfern ausgeschenkt wurden. Das war bescheiden. Aber sie wollte sie in den Dörfern trinken. Das war dann wieder luxuriös. In den Städten schmecke dieser Wein nicht. Hat sie gesagt. Immer solche Ideen.

Gut, sie ist fort. Wenn sie meint. Und ich bin hier. Wenn man das so sagen kann. Ich werde mich ans Meer trinken, an die Klippen von Finistère. An den hochbrechenden Schaum. Damals. Sie kann nichts sagen. Dieser Whisky ist gut. Oban: kleine Bucht, Geruch von Seeluft. Der schafft das ganz schnell. Raum egal, Rauch egal. Man riecht es nicht mehr. Single Malt, salzig, torfig.

So ein Schwindel. Wie früher. Das gestohlene Wochenende in der Bretagne. Der schrottige Golf und wir sind durchgefahren, das heißt, ich bin gefahren. Sie mochte nicht fahren. Durchgefahren, mit runtergelassenen Fenstern. Sie immer im Wind.

Natürlich, wenn die Klimaanlage nicht geht, fällt einem der Wind ein. Im Rauch. Schön ist es immer, wenn es vorbei ist. Nichts ist so sicher wie die Vergangenheit. Wir sind durchgekommen. Und jetzt. Süchtige, Verlorene. Das steht außer Frage. Zu denen ich nicht gehöre. Nur noch ein Zug, ein Schluck, und das Meer ist da. Ich kann das. Ich war noch nie abhängig von einer Situation. Ich inhaliere.

Das Meer. Finistère.

Das Salz in der Luft. Der offene, zuckende Meeresboden, wenn das Wasser sich zurückzog, kilometerweit. Schönes Licht. Sie lachte. Das Licht stand ihr. Sie konnte es sich anziehen wie einen Schleier. Als gehöre das Licht nur ihr, nur ihrer Haut, ihrem Haar. Und dieser komische kleine Gelehrte dann in seinen kniehohen Gummistiefeln. Sie warf das Haar in den Wind und bat ihn um Feuer, aber der hatte keins. (Und sie wollte keins.) Nur Namen. Ein Irrer, ein Professor, der all den kleinen Felsen einen Namen gab, ihren Namen. Die Namen der Fischer. Schriftlich. Er legte Karten an. Die Fischer, die Algenfischer mit ihren Booten, benannten die Steine, um sich zu orientieren. Und er schrieb das auf. Aber wen interessierte denn das. So eine unglaubliche Arbeit. Er ging herum und fragte die Fischer. Dann saß er zu Hause und kritzelte in seinen endlos auffaltbaren Karten Steine ein und Namen von Steinen. Er sammelte die Namen von Steinen. Die ganze Küste des Finistère.

Und sie hat es doch tatsächlich fertiggebracht, daß wir zum Tee eingeladen wurden. Tee und Buchweizenpfannkuchen. Schreckliches Zeug. Aber sie stopfte es in sich hinein, als habe sie tagelang gehungert. Mit Zucker, mit Butter, mit gehackten Nüssen. Nie mehr was von ihm gehört. Vielleicht sie. Und ich weiß es nicht. Auch sie wohl kaum. Ein Irrer. Warum fällt mir das jetzt ein? Sie ist fort, und mir fällt der Irre in den Gummistiefeln ein.

Immer Richtung Westen damals, und das Licht hörte nicht auf. Das Licht hört nicht auf, rief sie, siehst du, und es ist schon Nacht. Und es war schon Nacht. Dann dieses unverhoffte Restaurant, die Tische fast im Wasser, weiß eingedeckt. Windlichter. Langusten. Viel zu teuer, dachten wir, viel zu teuer, und dann wußten wir, wir machen das einfach. Und sie hatte, sie hatte diesen. Was soll sie schon gehabt haben?

Whisky, dutyfree, was für ein Wort. Rauchfrei und dutyfree, ich werde ganz klar zum Dichter. Werbetexter meiner Misere. Das kann ich auch noch. Immerhin humanistisches Gymnasium. Damals war das so. Bildung. War wie Herrenzimmer. Ach was, Misere. Der Klassiker. Scottish, Single Malt. Wenn schon denn schon, sagte bereits Luther. Und der kannte sich aus mit der Lust, mit der Notdurft. Die besten Ideen auf dem Klo. Ein religiöses Erweckungserlebnis auf der Toilette. Das nenne ich den Körper anerkennen. Lange her. Zweimal die Woche.

Ich werde rauchen und trinken. Und die Zeit wird vergehen. Ich werde sie zwingen.

Sie läßt sich nicht zwingen. Sie nicht. Nicht mehr.

Sie wird schnell vergehen. Daß sie nie vergeht. Daß ich fort bin. Mich forttrinke.

Das kann doch wirklich nicht ihr Ernst sein. Immer denkt man, man kommt davon.

Das Meer, der graue Glanz, die Siele im Himmel, Gischt und kopfüber die Klippen. Sie hatte diesen Mund, diesen übertrieben rotgeschminkten Mund. Sie hatte diesen in den Wind lachenden Mund. Und dann der Kragen, so ein Kragen von einer grünen Bluse mit weißen Tupfen drauf, der Kragen flatterte um ihren braunen Hals, und wenn sie sich umdrehte, zwischen Haar und Stoff ihr schmaler Nacken.

Dreißig Jahre Gewohnheit. Abhängigkeit von der Gewohnheit. Alles andere wäre doch auch peinlich. Jetzt gähne ich, hier fehlt schlicht der Sauerstoff. Von wegen müde. Ich bin noch lange nicht am Ende. Müdigkeit ist etwas für Anfänger.

Woher nur plötzlich diese Aufwallungen? Ich habe es doch gewußt.

Nur noch ein Schluck.

Was will sie denn? »Dû bist mîn, ich bin dîn. Verlorn ist das sluzzelîn.« Alles gelernt. Alles Zitat. Aber bitte nicht von mir. Das haben andere drauf. Ich mache mich doch nicht lächerlich.

Single Malt. Lange nicht getrunken. Mein Gott, waren wir jung.

Aber sie hatte doch alles, und sie hatte alle Freiheiten. Und sie wußte das. Ich bin doch kein bürgerlicher Esel. Ich bin doch nicht das geworden, was wir damals Spießer nannten. Nein, das kann sie mir bei Gott nicht vorwerfen. Bei wem? Ich sollte langsamer trinken. Ich bin das Rauchen nicht mehr gewöhnt.

Natürlich, wenn sie will. Warum denn nicht einen Liebhaber, das soll nicht schlecht sein in den Wechseljahren. Hält die Haut jung, den Bauch straff, vermutlich. Alles hormonell. Auch mental. Fit for love. Sie muß ihn mir ja nicht an den Frühstückstisch setzen. Ein wenig Diskretion darf man doch erwarten. Aber darum ging es ja nicht. Es gab keinen andern. Das hätte sie mir gesagt. Sie wäre zu stolz gewesen, es nicht zu sagen.

Warum ist sie gegangen? Warum hat sie es gewagt? Was

heißt gewagt. Wo soll der Mut sein bei meinem Gehalt und ihrer Kontovollmacht. Über Geld haben wir uns nie gestritten. In den letzten Jahren haben wir überhaupt nicht mehr gestritten. Ich war nicht da, sagte sie. Ich war selten da. Glaube ich. Und sie begann mit diesen Wellnessorgien, indisches Ayurveda, was weiß ich. Aromatherapien. Von mir aus. Überall die Lämpchen und Massagekrönchen und in jeder Ecke eine Isomatte. Sie stand auf dem Kopf. Und wippte mit den Zehen. Mir wurde schon schwindlig vom Hinsehen. Sie sah mich nicht an.

Zugegeben, sie sieht gut aus für ihr Alter. Ganz ohne Lifting. Eigentlich erstaunlich. Aber das konnte ich schließlich auch erwarten. Bei meiner Position. Eine Frau, die sich gehen läßt, kommt nicht in Frage. Ich meine, die Kollegen.

Und das Reisen. Ja, sie wäre gerne mehr mit mir gereist. Aber ich konnte sie doch nicht mitnehmen. Das waren ja keine Reisen. Die ewigen Kongresse. Flughäfen, die alle gleich aussehen, Kongreßzentren, die identisch sind zwischen Hongkong und Hannover, Hotels derselben Ketten. Alles austauschbar. Ich mußte in den Terminkalender schauen, um zu wissen, wo ich bin. Das waren meine Reisen. Dazu dauernd die Zeitumstellung. Und das hat sie natürlich nicht interessiert. Aber sie hätte doch mit ihren Freundinnen fahren können. Da gab es genug. Echos von ewig jungen Gesichtern. Blasses Gelichter. Ich kann mich an keine erinnern.

Bei meinem Beruf, das hat sie nie verstanden, ist das nicht so einfach mit der persönlichen Freiheit. Schließlich habe ich das Geld verdient. Wir waren doch keine Aussteiger.

Wo sie bloß hin ist? Ich frage mich tatsächlich, was sie jetzt macht. In diesem Augenblick.

Und ich komme nicht weg.

Nein, ich bin nicht nervös. In meiner Position. Wo habe ich jetzt die Streichhölzer?

Wir hätten diesen Flughafen meiden müssen. Wir hätten nicht in dieser Stadt tagen sollen. Von vornherein gab es Kollegen, die es besser wußten, die einen anderen Konferenzort vorschlugen, allein wegen dieses verdammten Flughafens. Nebel, Überlastung, ist ja auch kein Wunder bei nur zwei Start- und Landebahnen. Eine kleine Verspätung, sagen sie jetzt. Und in drei Stunden sagen sie das wieder. Auf den Abflugtafeln ganze Serien von annullierten Flügen.

Ich muß hier weg. Na also, immerhin Streichhölzer. Das macht keinen Sinn.

IV TOBIAS

Photographier ihn! Du mußt ihn photographieren, wenn er begeistert ist, schnell!

Tobias drehte sich um. Eine junge Mutter (weizenblond, pfirsichgesund) hielt ihren dick eingepackten Säugling ans Glas. Tobias ahnte, was kommen würde. Er sah, wie das Kind seinen nackten Gaumen bleckte. Das Muttergesicht reckte sich einem älteren Herrn entgegen, der im gehörigen Abstand zu den beiden umständlich an einer Digitalkamera herumnestelte. Das ist der Großvater, dachte Tobias (familiäre Nähe witterte er sofort). Doch der Mann schien keine Lust zu verspüren, das zahnlose Jauchzen seines Enkels aufzunehmen. Und schon gar nicht auf Geheiß der Tochter. (Jetzt geht es los, dachte Tobias.)

Das wird nichts bei diesem Licht, murmelte er, Professionalität vortäuschend, und sah bedeutsam durch den Sucher. (Tobias nickte.)

Doch, doch, rief die junge Frau pädagogisch munter und klemmte sich eine dicke Haarsträhne hinter das helle Ohr, ich habe das schon oft gemacht. Sie nickte ihrem Vater zu. (Wie ein Hämmerchen, dachte Tobias.)

Es war ihr erstes Kind, auch das sah er, sie hatte noch den milchigen Schein der Jungmutter um sich. Sie war kaum von der erwachsenen Tochter zur frischen Mutter, der Tochter-Mutter übergegangen. Tobias interessierte sich für instabile Metamorphosen.

Das macht nichts mit dem Glas, das reflektiert nicht. Du mußt ihn draufhaben, wie er lacht, und dann einen Fisch, jetzt schau, jetzt! So einen von den gelben.

(Das sind Doktorfische, wollte Tobias sagen, hielt sich aber zurück.)

Die junge Frau atmete tief in einem erfüllten Moment von mütterlichem Entzücken und hob Backe an Backe das Baby höher und dichter an die Scheibe, so als könne nicht nur ihr Vater, der frische Großvater, sondern auch ein Fisch von einem möglichen Doppelportrait überzeugt werden. Der Vater-Großvater (noch unsicher in dem Zustand, durch einen Enkel beschenkt und bestohlen worden zu sein) schüttelte den Kopf.

Komm Vati, mach doch!

Vertraulich hatte sich eine ältere Dame genähert, die Tobias vorher nicht aufgefallen war. Mit der präzisen Indiskretion einer Gattin stellte sie sich neben ihren Mann, als müsse endlich sie die Perspektive auf Enkel, Tochter, Fisch vor dem schönen Aquarium prüfen. Das war die Großmutter-Mutter, Tobias schlug die Augen nieder vor so viel vaginaler Verbundenheit. Sollte er jetzt: Bitte nicht blitzen sagen? Es war schon egal. Die Fische waren daran gewöhnt und merkten es wohl kaum. Dreifaches Glas, dazwischen zweimal Folie. (In einem Aquarium kann vieles schiefgehen; aber das Eine darf nicht passieren.)

Bitte nicht blitzen, sagte er leise, aber nur, um dem alten Mann einen Vorwand zu geben, einen Windschatten der Höflichkeit, der es ihm erlauben würde, seine Kamera ohne Gesichtsverlust wieder einzustecken. Tatsächlich lächelte er dankbar zurück. Tobias sah ihn kurz an und sah wieder hinüber zur Front des Geschehens. Die Mutter-Tochter riß die Augen auf und drückte den Säugling an die Brust wie ein Siegel ihres Gefühls. (Wasserblau, dachte Tobias, eher nördlich.)

Das geht auch ohne Blitz, versuch es nur, schau mal jetzt, der Schwarm, schau doch, wie schön. Tobias drehte sich weg. Er wollte nicht sehen, ob der Nachfahre in seiner gaumigen Begeisterung nun mit oder ohne Fisch vom unwilligen Ahnen photographiert wurde.

In seinem Rücken dann ein aufjauchzendes Frauenlachen.

Also doch.

Seit das Fliegen billig geworden war, sah Tobias Winter nicht nur häufiger junge Familien, sondern vermehrt alte Paare mit kleinen Kindern im Flight Connection Centre. Früher, dachte er, gingen die Großeltern mit ihren Enkeln in den Zoo. Nun flogen sie an den Strand. Es schien ganz bequem zu sein. Mit der Buchung mußte ein kompletter Service einsetzen, der den Reisenden die Mühen des Unterwegsseins so gut wie abnahm. Wenn sie an ihm vorbeikamen, befanden sie sich offensichtlich bereits auf einer sicheren Umlaufbahn: Flughafen, Flugzeug, Flughafen, Hoteltransfer: Meer. Und das Ganze wieder zurück. Welcher

Flughafen, welches Meer war dabei nicht wichtig, solange die Wassertemperatur stimmte. Tobias verstand das. Seine Fische, immerhin Wildfänge (Nachzuchten tropischer Exemplare waren kompliziert und teuer), akzeptierten im Prinzip ja auch jede Aquariumsfremde in einem Wärmebereich um 26 Grad, wenn Salzdichte und Sauerstoffgehalt stimmten. Über der Vielfalt der Weltmeere erkannte Tobias ein virtuelles Aquarium. Und was die Ernährung betraf, waren Menschen vermutlich auch nicht komplizierter als Fische, die sich an mancherlei gewöhnen ließen. Immer wieder brachten Privat-Aquarianer ihre Tiere ins Flughafen-Riffbecken meist dann, wenn die Fische für ihre Becken im Wohnzimmer zu groß geworden waren, manchmal auch, wenn sie sich dort mit den anderen nicht mehr vertrugen. Und fast immer ging es ihnen hier im Großaquarium dann gut. Er stellte alle Fische auf ein vielfältiges, aber einheitliches Essen um. Selbst ein Igelfisch, der bei seinem Besitzer nur Muscheln gefressen hatte, nahm von ihm mit der Zeit Bananenstückchen. Gerne auch aus der Hand.

Tobias Winter fürchtete die kleinen Weltreisenden im Transit mit ihren Sandeleimerchen und den aufziehbaren Schmusetieren in Neonfarben. Sie waren agil, freie Radikale, unberechenbar. Neben ihnen wachten die belastbaren Großeltern reaktionssicher und stolz darauf, mit den Enkeln noch jung zu sein. Für diesen Triumph, fand Tobias, waren sie erstaunlich leidensbereit. Immerhin war es besser, wenn die sich ferneren Generationen zusammen reisten. Er hatte den Eindruck, daß dieses vergleichsweise harmonische Aufeinander-Eingespieltsein sofort in ein untergründiges Beben geriet, wenn die mittlere Generation, die Eltern der Kinder, dazukam. Du mußt ihn photographieren, wenn er begeistert ist. Wieso mußte er?

Die Rangordnung war dann einfach nicht mehr klar, dachte Tobias. Das Machtgefälle in der Liebe mußte neu ausgeglichen werden.

In den großen Ozeanen war das Riff die Kinderstube der Fische. Dort gab es Verstecke, tiefe Höhlen, in die Räuber nicht leicht hineingelangten. Fische entließen ihre Kinder früh in die Freiheit. Und selbst die sorgsamen maulbrütenden Kaiserbuntbarschmännchen spuckten den Schwarm von Nachwuchs in die Stachelkugel eines Seeigels hinein. Im Lanzenbereich der dünnen Spitzen waren die Kleinen noch eine Weile sicher und wuchsen heran. Bald würden sie selber sehen.

Es schien Tobias nicht natürlich, daß junge Eltern immer zugleich noch alte Kinder waren. Doppelagenten in zwei Königreichen. Wem dann dienen? Aber nicht die Tochter, sondern der Vater mit der Digitalkamera tat ihm leid. Und er war müde. Müde des dirigierten Enkeljubels. Man hätte ihn mit dem Kleinen allein lassen sollen. Vielleicht hätte er dann Fische für das Kind photographiert. Vielleicht hätte er auch lieber seine Tochter photographiert, wie sie versunken in die Anemonen sah. Aber sie versank jetzt nicht mehr. Sie hatte ihr Glück aus ihrem Körper gestülpt, ein Glück mit Glatze und hartem Gaumen, das sie fleißig dokumentiert sehen wollte, als bestätige sein Jauchzen ihre Leistung. So war ihr das kleine Kind schon jetzt eine Erinnerung an das Leben. Vorsichtig suchte Tobias ihre wasserblauen Augen. Und er sah, wie müde es machte, so tapfer glücklich zu sein.

Der Säugling jauchzte nun nicht mehr, er greinte. Kleine Kinder wurden unruhig, wenn sie müde waren. Sie winden sich, dachte er, sie wehren sich gegen den Schlaf. Ein Instinkt scheint sie zu warnen. Etwas in ihnen läßt sie Angst haben vor dem anderen Zustand, der sie aufnehmen wird. Vermutlich muß man schon an das Leben gewöhnt sein, um sich dem Schlaf hingeben zu können, dachte Tobias. Und manche gewöhnten sich eben nie. (Es war ja auch durchaus nicht selbstverständlich, am Leben zu sein. Genau betrachtet war es ein extremer Ausnahmezustand, jedenfalls mußte er das so sehen, als Aquarist.)

Der Vater hatte sich auf einen der Plastikstühle gesetzt. Die beiden Frauen trugen den quäkenden Nachfahren wiegend und schaukelnd die Scheibe entlang und um das Aquarium herum und wiesen emphatisch auf die schwimmenden Sensationen hin. Als sie hinter dem Aquarium auftauchten, erschienen ihre Gesichter durch den Filter von Wasser und Glas im Riff. Ihre Münder öffneten und schlossen sich.

Der Vater der jungen Tochter-Mutter hatte den Kopf gesenkt und sah auf seine Knie. Vielleicht rühren die Ungeschicklichkeiten in den Familien auch daher, daß das Altsein verschwindet, dachte Tobias. Es gab ja keine Greise mehr. Manchmal kreuzten weißhaarige arabische Männer in langen Gewändern die Halle, uralte Afrikanerinnen in flammenden Tüchern mit beflissener Entourage, muskulöse indische Gurus, zu alt und zu stolz, um alt zu sein. Im weißen Westen aber, schien ihm, kämpften die Alten um ihr Verschwinden, noch ihre letzten Kräfte setzten sie in eine Mimikry der Jugendlichkeit.

Tobias Winter wollte jetzt allein sein. Wie immer, wenn er sich unbedacht zu sehr in die Reisenden hineinsah, stieg eine laue und mächtige Angst in ihm auf. Er brauchte Luft. Er sollte möglichst schnell ganz nah bei seinen Fischen sein. Am besten wäre es, ein Stück des Riffs zu reinigen. Das Abspülen der Korallen gehörte zu den regelmäßigen und zeitaufwendigen Arbeiten. Er griff nach dem Schlüssel in seiner Hosentasche und ging zu der weißen Tür. Kaum sichtbar war sie in die weiße Wand eingelassen, die das Aquarium an den Seiten, am Sockel und in der Höhe einfaßte. Er öffnete sie. Sofort schlug ihm ein Brausen und Tosen entgegen. Er schloß die Tür und war von der Technik umfangen.

Jedesmal war es ihm, als ob er hier in den Körper des Aquariums hineinsteige wie in den Körper eines Menschen. Und wie man in einem menschlichen Körper die Geräusche des Blutkreislaufs, der Organe hören würde, das gewaltig tobende Herz, so dröhnten hier Filter, Pumpen, Umwälzanlagen. Dies war der laute Stoffwechsel, das Tagwerk der Organe, die das Aquarium am Leben erhielten. Und das ätherisch-schöne, das bunte, geräuschlose Wasserleben, das die Reisenden draußen sahen, war nur seine Oberfläche, waren seine Gesten und Gebärden in fließenden Anemonen und Korallen, war sein Gesicht, sein Lächeln in Fischen.

Wenn man liebt, dachte Tobias, sollte man auch die Eingeweide lieben können. Und er genoß den ohrenbetäubenden Lärm als seine persönlichste, beglückendste Stille.

Er zog sein Hemd aus. Langsam stieg er die enge metallene Wendeltreppe zum Glas hinauf. Hier oben war, was draußen vor der Wand niemand sah, das Aquarium offen. Ein Längssteg führte an der Wasseroberfläche entlang. Er erklomm den Steg. Er mußte sich bücken und auf die heißen Lampen achten. Der Gang war niedrig. Er ging vorsichtig über den Gitterrost, eine Hand lief leicht am Geländer mit. Der Geruch der Fische und Algen kam ihm entgegen; die Lampen glühten und blendeten. Er würde an der hinteren Schmalseite des Beckens beginnen. Er schloß den Wasserschlauch an die Pumpe an, schob nun ein Rollbrett quer über das Becken, stieg vorsichtig darauf und legte sich mit nacktem Oberkörper so darüber, daß er mit den Händen frei arbeiten konnte. Er langte nach dem Schlauch, ließ ihn tief eintauchen, öffnete das Ventil und begann langsam mit dem Absprühen. Der Schleim von den Korallen löste sich, die kleinen Ablagerungen von Schlamm wirbelten wolkig auf, sie enthielten noch winzige Nahrungsteilchen für die Fische; was nicht gefressen wurde, sollte nun von den Filtern aufgenommen werden. Diese Arbeit war anstrengend. Tobias Winter hatte an den Armen und am Rücken Muskeln ausgebildet, die es mit denen eines Turners aufnehmen konnten. Aber bei aller Kraft mußte man behutsam vorgehen, schnell brach ein Korallenzweiglein ab, ein Anemonenmund wurde verletzt, eine Muschel erschrak unnötig und zog sich zusammen. Wo der Wasserstrahl aufkam, trübte sich das bunte Blau. So hing er über dem Fluten, mit weggestrecktem Arm wie ein fliegender Schwimmer. Er inhalierte die salzige Luft. Er wurde ruhig.

Als er alle aus seiner Position mit dem Schlauch erreichbaren Stellen des Riffs unter Wasserdruck gereinigt hatte, rutschte er hinunter und verschob das Rollbrett um einen halben Meter. Dann begann er von Neuem.

V ELIS

Endlich Paßkontrolle. Nochmals Sicherheitsprüfung des Gepäcks. Die Schlange der Wartenden teilte sich hier in einen Fächer von Zugängen. Sie packte ihr Notebook aus und legte es in eine der Plastikschalen, die an ihr vorbei über Metallrollen weiterliefen und in einer Art Dunkelkammer verschwanden. Nun den Mantel, den Rucksack. Als sie sah, daß die Reisenden vor ihr die Schuhe auszogen, tat sie es ihnen gleich und ging, die Schuhe in der Hand, durch ein Portal. Sicherheitsschleuse heißt das, dachte sie. Eine hünenhafte, uniformierte Schwarzafrikanerin sah an ihr vorbei und fuhr ihr mit einer Detektorenschlinge (es heißt nicht Detektorenschlinge, dachte sie, aber wie heißt es denn?) über die Brust (es heißt Brust), die ausgebreiteten Arme, die Beine an der Außenseite, die Beine an der Innenseite. Sie spürte das harte Metall. Wie immer in diesen Kontrollsituationen durchfuhr sie eine Erleichterung, wenn man sie durchließ, obwohl sie doch wußte, daß von ihr kein Alarm ausgehen konnte. Nun strich die fremde Frau mit dem Gerät, das nicht Detektorenschlinge hieß, über ihre Schuhe. Sie befühlte die Schuhe mit ihren Händen. An einem plötzlichen Hitzegefühl um die Augen spürte sie, daß sie rot geworden war.

Es piepste immer noch nicht. Ein Nicken signalisierte ihr, daß sie weitergehen durfte. Ihre Sachen in den Plastikwannen waren schon durch die Dunkelkammer gerollt. Im Augenwinkel sah sie das Röntgenbild der Tasche des Reisenden, der nach ihr kam: Gerippe von Schlüsseln, Notizbüchern, Gedärme gepixelter Habseligkeiten. Es fröstelte sie, obwohl es sehr warm war. Sie griff schnell nach ihrer Plastikschale, als könne man ihr doch noch etwas wegnehmen. Sie gab das Notebook in die Tasche, schlüpfte in die Träger des Rucksacks, nahm den Mantel über den Arm. Als sie bemerkte, daß sie die Schuhe noch in der Hand hielt, ging sie an die Seite zum nächsten Plastikstuhl und legte den Mantel ab. Im Bücken sah sie andere Reisende auf dem Kopf, die ebenfalls Schnürsenkel zubanden. Sie wußte, daß sie jetzt sehr schnell etwas trinken sollte.

Sie reihte sich wieder ein in den Strom, beschleunigte dann ihre Schritte einer hellen, großzügigen Halle entgegen, in der eine aufgipfelnde Rolltreppenarchitektur versprach, daß ein Entkommen möglich sei. Bald sah sie hinaus auf Rollfelder. Im Dunst gestaffelt warteten Flugzeuge, zwischen denen runde Autos wie aufgezogenes Spielzeug hin und her fuhren. Ein gläserner Gang verband den tieferliegenden Beton draußen mit dem Marmorboden der Halle. Er führte zu den Flugsteigen mit den beweglichen Ziehharmonikabeinchen, die an die Flugzeuge angesetzt werden konnten. Da komme ich her, dachte sie, und da gehe ich hin.

Linker Hand öffnete sich nun die Transithalle mit Fluchten von Einkaufspassagen. Sie nahm ein Brausen wahr, aus dem sich das metallene Klicken italienischer Kaffeemaschinen abhob. Aus der Ferne kam leise afrikanische Musik. Sie ging weiter und erkannte ihre Bewegung als immer wieder gebrochene Silhouette im Kaleidoskop einer spiegelnden Verkaufsarena, die Parfüme anbot.

Wasser, dachte sie.

Sie ging über die Metallbodenplatten des offenen Präsentationsraums eines Herrenausstatters; Seide und Cashmere flossen von Blöcken aus Marmor. Die Stoffe schienen nur für sich selbst da zu sein, Artefakte, von blütenhaften Damen in Indigo bewacht. Es gibt eine Anmut, dachte sie, die an Gewalt grenzt.

Nun eine gläserne Bühne mit schmalen Schauvitrinen, in denen silberne Büchsen von Kaviar in unterschiedlichen Größen und mit verschiedenfarbigen Schriftzügen ausgestellt waren. Korrespondierende, kalligraphisch gestaltete Preisschilder machten deutlich, daß das Bezahlen bereits zum Genuß gehörte. Ich will keine Fischeier, dachte sie, ich möchte Wasser trinken. Sie wollte sich nicht in eines der Cafés setzen, die sie im fernen Rauschen vermutete (Melodiefetzen von amerikanischen Schlagern der 50er Jahre wehten jetzt durch die Halle), sie wollte nicht sitzen müssen, nicht darauf warten, bedient zu werden. Sie hatte keine Geduld und nicht die Gelassenheit, die es erträglich macht, in die Augennähe von fremden Gesichtern zu geraten. Schon überlegte sie, ob sie die Toiletten suchen sollte. Sie kannte die exzessiven Reihen von Wasserhähnen in

Flughafentoiletten. Als ihr aber der Geschmack von Chlor einfiel, spürte sie ein Würgen, das sie sofort wegzuschlukken versuchte. Sie ging schnell, orientierungslos weiter. Von der überhohen Decke fielen nun silbrige Girlanden, Glitterplättchen an unsichtbaren Fäden, die sich im ungehörten Atem der Klimaanlage drehten, als kündigten sie von einem ewigen Advent.

Nach der Präsentationsfläche eines Autosalons – Frauen in Häschenkostümen verteilten Rubbellose für einen Hauptgewinn – sah sie niedrige Drehkreuze, die in eine weitflächige Abteilung führten, in der es, wie sie vermutete, auch einige Grundnahrungsmittel geben könnte. Sie lehnte sich mit der Hüfte gegen eine der Leichtmetallsperren, die nachgab, und ging dann an Regalen voller Süßigkeiten, Chipstüten, Spirituosen entlang. Am Ende des Raums erstreckte sich eine Ebene von Kühltheken, in denen über einige Meter hinweg das Angebot von Mineralwassern aller Provenienzen lag. Sie las die vorübergleitenden Aufschriften »Scottish« oder »Canadian« oder »Acqua di Siena«. Es waren so viele verschiedenbunte Flaschengruppen, daß sie keine einzelne ruhig ansehen konnte. Beim Versuch der Augen, sich an den Etiketten zu orientieren, sah sie nur ein laufendes Band von wechselnder Wortgraphik. Sie wollte nicht aussuchen. Sie wollte trinken.

Ihr Blick blieb an einem Label hängen, das sie kannte, ein französisches Wasser, das aus der Tiefe eines Vulkangesteins kommen sollte. Als sie die Flasche in die Hand nahm, erschrak sie, das Wasser schien fast gefroren zu sein. Sie sah sich nach der Kasse um und stellte sich in eine Reihe von Wartenden. Sie stand.

Ich möchte aus einem Brunnen trinken, dachte sie. Ich möchte mit meinen Händen Wasser aus einem fließenden Brunnen auffangen und trinken. Und auf einmal spürte sie, wie ihr Tränen die Wangen hinunterliefen. Das ist ja albern, dachte sie. Ich bin müde. Sie wischte sich mit dem Ärmel über das Gesicht und rückte in der Reihe nach. Sie suchte nach ihrer Kreditkarte. Pincode. Bestätigen. Sie verließ das Verkaufsareal durch die Schranke.

An einem Reklamekubus mit Wechselkursen einer Privatbank schraubte sie die Flasche auf. Sie mußte immer wieder absetzen, das eisige Wasser tat an den Zähnen und im Hals weh.

Vor ihr lag nun ein weiter, unabsehbarer Raum aus Glas, Metall, schwarzglitzerndem Marmor. Da wo die Deckenlichter auf die silbernen Einsprengsel im Stein trafen, leuchteten sie momenthaft auf wie bunte Sterne, und der Boden kippte ins Firmament. Die Raumhöhe wechselte. Immer wieder kamen Rolltreppen herab und verdoppelten sich als Reflex an einer Fensterfront oder an gläsernen Raumteilern. Stimmen und mechanische Tonsplitter mischten sich. Anflüge von Sicherheitsdurchsagen gingen unter im Klangnebel eines unbestimmten Rauschens. Auf einmal schien es ihr nicht mehr möglich, sich zu orientieren. Sie sah auf eine der Abflugtafeln, die monumental über dem menschenhoch belebten Bodenraum aufstieg. Ihr Weiterflug war noch lange nicht notiert.

Sie schluckte. Das kalte Wasser floß in ihren Körper hinein. Es fröstelte sie von den Oberarmen bis in die Handrücken. Ich darf nicht krank werden, dachte sie. Wenn man frei arbeitet, darf man nicht krank werden. Im Grunde ist das eine Arbeitsreligion. Ich bin eingetreten in das unsichtbare Kloster der Seher und unterstehe den designgläubigen Bildgelehrten. »Oh«, sagen sie und nicken mit gesalbten Schädeln. »Ojojoj«, sagen sie und schütteln den Kopf. Sie lehnte sich an eine gläserne Absperrung und schloß die Augen und trank.

Und dann roch sie ihn. Sie roch sein teures Parfum. Und als sie (sie wußte, daß es eine Täuschung sein mußte) die Augen langsam öffnete, da war der Geruch auch schon wieder verflogen. Sie sah sich um. Sie sah einer Gruppe von Männern nach, die, miteinander sprechend, schwarze Rollkoffer hinter sich herzogen. Sie liebte gut angezogene Männer. Es war ganz banal, aber sie freute sich an schönen Stoffen. Es entspannte sie.

Seine Hemden, dachte sie. Er hatte wunderbare Hemden. Vermutlich waren es seine Hemden gewesen. Feste, kühle Baumwolle, matt. Meist waren sie einfarbig, ein helles Blau, Grau, Anthrazit. Seine perfekt fallenden, großzügigen Hemden, die vorgaben, sie seien einfach, bügelfrei. Und er war ja auch ein bügelfreier Mann gewesen, ein scheinbar unangestrengt schöner Mann, der in kompatiblen Welten lebte, staublos, schimmernd. Immer war er angemessen gebräunt. Ein Stopover in Bali, auf den Malediven. Die schönsten Strände der Welt lagen gleich vor der Tür seines Cockpits. Er achtete darauf, seinen Körper in Ordnung zu halten wie seine Kleidung. Ein Mann wie er verstand etwas von Wartung. Und selbstverständlich bezahlte er die Dienste von Masseurinnen wie die unermüdliche Sorgfalt der Bügelfrauen. Und ich mochte diese perfekte Oberfläche, dachte sie. Die Hemden waren angenehm. Er war angenehm. Und unverbindlich aufmerksam. Vielleicht kam das vom Fliegen, vielleicht wurde man so, wenn man die Erde alltäglich nur aus großer Höhe sah. (Was hatten denn die Alpen von oben gesehen zu tun mit einem Wurzelweg entlang an einem Gebirgsbach?) Oder eben gar nicht sah. Nur das Weiß der Wolken. Die Fahnen der Nebel. Den wattigen, bodenlosen Grund. Die Seen aus Kaltluft und immer höher, bis das Licht merklich abnahm und das Weltraumdunkel begann. Was war Wirklichkeit, das hatte sie sich manchmal gefragt, denn anderes als die männliche Kinder-Geborgenheit im Cockpit, eingeschlossen in einen sicher umfangenden Raum, der begrenzte Blick auf einen Kosmos von filigranen Bedienungselementen und Anzeigen, das Vertrauen in einen Computer, der mit den Sinnen so sicher korrespondiert, als brauche man sie nicht? Sein Beruf, so war es ihr dann erschienen, das war die leere, weiße Ästhetik von Bewegungsbögen in den Himmel gezogen, eine Eleganz der Distanz.

(Oh, wie hatte sie ihn bewundert. Um eine Cumuluswolke fliege ich von Hand, hatte er gesagt, das kann der Computer nicht.)

Und wenn er mit ihr geschlafen hatte (was heißt »geschlafen«?), dann war es so gewesen, als ob er sie nicht berührte. Er war ein ferner Liebhaber. Und als sie ihm das sagte, da hatte er gesagt, du weißt nicht, wie ich mit dir schlafe, wenn ich an dich denke.

Du bist ein Dandy, hatte sie da gesagt.

Du weißt nicht, was ein Dandy ist, hatte er geantwortet, mit einem seltsamen Lächeln.

Und sie hatte geschwiegen, und nach einer Weile hatte sie in das kleine Schweigen hineingesagt:

Ich bin eine tröstbare Frau.

Und da hatte er sich aufgerichtet aus dem weißen, schönen Bett, eines jener Hotelbetten, in denen sie sich trafen, Satinwäsche vermutlich, jedenfalls ein Stoff, der kaum spürbar von der Haut abglitt, und er hatte sich herausgelehnt aus dem Bett mit seinem braunen, moderat durchtrainierten Oberkörper und sich hinüber zu einem Stuhl gestreckt, und er hatte von dem Stuhl sein Hemd, das dort über der Lehne hing, heruntergezogen, das schöne Hemd, das noch fast warm war, und er hatte es ihr mit einem kleinen Lachen zugeworfen. (Unwillkürlich hatte sie nach dem Hemd gegriffen.)

Und erst hatte sie auch gelacht.

Und dann hatte sie nicht geweint.

Aber in diesen Tagen hatte es begonnen, daß sie sich seltener verabredeten und sehr bald einfach nicht mehr trafen. Allein bin ich einfacher allein, hatte sie damals gedacht. Und jetzt dachte sie, wir haben uns nicht einmal getrennt. Und dann erschrak sie über das unwillkürliche Empfinden, ihn jetzt sofort anrufen zu müssen. Ich könnte ihn fragen, wie das heißt. Es heißt nicht Detektorenschlinge.

Aber dann dachte sie, nein, er interessiert mich nicht, er war nur angenehm.

Sie war weitergegangen, im Gehen Wasser trinkend. Vor ihr saßen nun Menschen auf schwarzledernen Barhockern um das Oval einer Seafood-Theke. Wo ihre Körper Platz frei ließen, sah man hinter Glas leuchtende Hummer, Langusten, Krabben, Austern, gebettet auf Eis, zwischen Algen und Zitronen. In silbernen Kübeln standen Champagnerflaschen auf dem gläsernen Tresen. Es waren meist Paare, die hier zusammensaßen und die Köpfe zueinandersteckten über den filigranen Chitinpanzern von Garnelen, Kaviar-Kanapees, einem schwarzblauen Berg von Muschelschalen. Sie zelebrierten die kleine Melancholie einer heimlichen Begegnung oder die Freude, gemeinsam aufzubrechen. Vielleicht waren sie auch nur rituell konsumierende Geschäftspartner.

Aber sie bemerkte auch drei alleinreisende Frauen. Zwei tranken Champagner, eine weißen Wein. Wie spät war es eigentlich? Ich könnte mich dazusetzen, dachte sie. Zu einer von ihnen. Ich könnte auch ein Glas haben, so ein schönes Glas mit einem langen Stiel, wir würden miteinander anstoßen und uns ansehen. Ich könnte eine Freundin sein. Ich würde sie fragen, woher sie kommt, wohin sie reist. Wir könnten das Spiel spielen wie früher. Wir sind Königinnen, wir sind Piratinnen. Atlantis ist unsre letzte genommene Stadt. Wir teilen uns alle Paläste, Perlen. Wir lieben die Prinzen, die Pagen. In dem Augenblick, in dem wir es sagen, gilt, was uns gefällt.

Sie überlegte, welche der Frauen sie sich aussuchen

würde. Sie sah zu der braunhaarigen Schmalen, schwarzer Mantel, kleiner Kragen, kein Schmuck. Vermutlich nicht geschminkt, aber bei diesem Licht hier konnte man das nicht mit Sicherheit sagen. Eine Lehrerin vielleicht. Vielleicht eine Vertreterin, Agentin? Zu ihren Füßen stand eine lederne Aktentasche. Waren Proben darin, Verträge? Sie sah vor sich hin wie jemand, der die Zeit erträgt und nicht wartet. Sie hatte nichts gegessen, oder ihr Teller war bereits abgeräumt worden. Ihr Weinglas war fast voll. War es das erste? Sie würde zuhören können, und sie würde selbst nur langsam erzählen. Aber sie würde erzählen und dabei immer wieder eine Haarsträhne aus dem Gesicht wischen, wie jetzt, nachdem sie das Glas sehr langsam abgesetzt hat.

Oder sollte sie es mit der fülligeren Frau in den Bluejeans versuchen? Bunte Tweedjacke, ein großzügig türkisgemusterter Seidenschal, Matisse, dickes, blondes, offenes Haar. Sie löffelte einen Krebsfleischsalat aus einem roten Krustenpanzer. Gerade bestellte sie das zweite Glas Champagner. Oder war es das dritte? Sie lachte mit der schönen Servierdame. Sie würde gleich loserzählen. Sie kommt von einer Messe, einer Auktion, einem Event, sie hat überall Freunde. Und morgen ist sie auf Moorea, liegt am Strand und sieht den spielenden Rochen zu, während sie vom Handy aus mit den Männern plaudert, die Geschäfte für sie machen.

Oder die dritte? Sie schien die älteste der drei, perfekt geschminkt – diesmal sah man es –, und ungefaßte schwarze Perlen (Tahiti, dachte sie) zum Schmuck der Ohren, anthrazitfarbenes Kostüm, Strümpfe mit Perlmuttglanz, schlanke Fesseln in schwarzen Lederschuhen, unauffällig perfekt, Absatz in eben jener eleganten Höhe, als sei es selbstverständliche Natur. Vielleicht würde sie dozieren, und man selbst müßte etwas zu sagen haben. Nicht nur so reden, so erzählen. Nur weil man vielleicht allein war und keinen anderen Grund hatte, zu zweit sein zu dürfen, als den irgendeiner schnell aus der Luft gegriffenen Geschichte. Sie saß sehr sicher auf diesem riskanten Barhocker, ja, sie trug den Raum, als ob sie ihn auch ablegen könnte wie einen Übergangsmantel.

Als die Fremde herübersah, schaute sie schnell weg. Wie ertappt ging sie ein paar Schritte weiter und blieb, weil ihr das noch passend schien für eine plausible Außenwirkung auf dem Areal des Flight Connection Centre, wieder unter einer der Abflugtafeln stehen. Sie blickte hinauf, ohne etwas lesen zu wollen.

Sie sah zur Seafood-Theke zurück. Sie ging ein bißchen weiter, um sich dem Oval langsam aus einem anderen Winkel zu nähern. Eine der Servierdamen in den schwarzen Blusen, die die Oberarme nackt ließen und das bloße Dekolleté bis deutlich zum Brustansatz zeigten, hatte begonnen, mit einem kurzen Messer Austern zu öffnen. Sie war jung und von gediegener Körperfülle. Ein Mann, der fast in Berührungsnähe schräg vor ihr saß, sah ihr zu.

Sie hielt die Auster in einem weißen Tuch auf dem Tresen fest, ihre Hände steckten in blautransparenten Plastikhandschuhen. Nun versuchte sie, die Messerspitze in das Scharnier der Muschel zu bohren, ein Vorgang, der Kraft erforderte. Als es ihr gelungen war, in das Tier einzudringen, suchte sie nach einem Hebelwiderstand, nutzte ihn, um die Klinge nachzuschieben, und spreizte dann mit einer leichten Drehung des Messers die Hälften auseinander. Mit einer kreisförmigen Bewegung zerschnitt sie die Schließsehne. Sofort öffnete sich die Auster ganz. Sie löste Restbestände von Sehnen und Fleisch aus der flacheren Muschelhälfte und schob es auf die tiefere. Mit einer weiteren schabenden Schnittbewegung lockerte sie auch hier die noch ansitzende Schließsehne. Dann legte sie die Schalenhälfte, in der das Fleisch zitterte, auf einen Teller mit gestoßenem Eis. Drei Schalen waren bereits in die Splitter eingebettet und beschrieben den Beginn eines Muschelsterns. Neun geschlossene Austern lagen noch vor der Austernöffnerin. Ihre Gesichtshaut hatte sich gerötet, im indirekten Licht der Bar war an der Stirn das Schimmern von Schweißperlen zu erkennen.

Sie trat näher heran. Sie sah das Messer in den Plastikhandschuhen, sie sah die rosa Unterarme, das rosa Dekolleté, das sich rötende Gesicht. Sie sah den Druck der Arme auf die Auster, die sich nicht öffnen wollte. Sie sah den Blick des Mannes, der sehr genau zusah. Er kauft nicht die Austern, dachte sie, er kauft diese Momente ihres Körpers, den sie jetzt einsetzt für seinen flüchtigen salzigen Genuß. Vielleicht bezahlt er auch dafür, daß sie sich leicht verletzen kann. Es wäre ein sehr gewöhnlicher Unfall. Die vierte Auster war offen. Die junge Frau spürte den Blick des Mannes und lächelte professionell, doch nicht mehr unbefangen zurück. Sie wich seinem Blick aus, griff nach dem nächsten Tier.

Wenn die Austern frisch waren, lebten sie noch. Wenn sie lebten, verschlossen sie sich.

Sie nahm einen Schluck Wasser. Offensichtlich ging es nicht mit jeder Auster leichter. Offensichtlich waren die Schließsehnen stark. Kämpfte die Auster, indem sie nicht nachgab, noch einmal aussichtslos um ihr Leben? Die fünfte, die sechste. Der Stern auf dem Eis wuchs. Der Mann, sie fand ihn alterslos, unauffällig, nahm eine Weinflasche aus dem Kübel, der vor ihm stand, und goß sich selbst nach. Er rief der jungen Frau etwas zu, die auch antwortete, ihn aber nicht ansah. Ihre Stirn war nun naß. Sie mußte aufpassen. Wenn sie sich nicht konzentrierte, rutschte das Messer ab. Sie hatte das noch nicht oft gemacht.

Sie sah weiter zu und trank. Austern bluten nicht. Austern schreien nicht. Ein Schlachten war es nicht. Was war es dann?

Die siebente, die achte. Der Mann legte nun die Serviette bereit. Er rückte das kleine Besteck zurecht.

Die neunte wollte sich nicht öffnen. Aber die junge Frau gab nicht nach. Endlich brach die Kalkkruste auf, sie schnitt, die Auster zerfiel in zwei Schalenteile. Die Austernöffnerin sah in das Fleisch. Sie roch daran. Und unter ihrem Blick wurde die Auster im Umschlag einer Sekunde zum Abfall. Sie warf sie weg. Sie ging in die Knie. Der Mann sah ihr nach. Als sie sich drehte, sah er in ihr errötendes Dekolleté. Sie hatte ein neues Tier aus dem Kühlfach genommen. Sie griff nach dem Messer, justierte die Auster auf dem Tresen, hielt sie fest mit dem weißen Tuch, setzte das Messer an. Sie zwang die Klinge hinein, drehte und spreizte die Schalenhälften vorsichtig auf, schob die Klinge nach, schnitt die Schließsehne. Sie richtete die letzte Auster an. Sie vollendete den Stern auf dem gestoßenen Eis. Sie streifte die blautransparenten Plastikhandschuhe ab und reichte ihr Werk dem wartenden Mann. Der nahm es entgegen.

Jetzt träufelt er Zitrone auf das Muschelfleisch, sah sie, jetzt prüft er, ob sich der Bart der Muschel zusammenzieht.

Er will sehen, ob das Tier noch lebt.

Der Reisende hob nun die Muschelschale an den Mund und sah auf. Und jetzt, dachte sie, schlürft er mit dem flüssig-festen Fleisch das feuchte Gesicht einer jungen, namenlosen Austernöffnerin.

Die hatte sich umgedreht. Sie öffnete einen Wasserhahn und wusch sich die Hände. Dann nahm sie eine neue Bestellung entgegen. Ein junger Mann wünschte ein Lachssandwich, seine kindliche Begleiterin einen Meeresfrüchtesalat.

Sie sah sich nach ihren Freundinnen um. Alle drei waren verschwunden.

In der Wasserflasche war nur noch ein Rest. Sie nahm den letzten Schluck und warf das leere Plastik in einen der offenen Abfalleimer. Überall Sicherheitshinweise. Der Müll hatte seine Unschuld verloren.

Links nun eine Anlage mit öffentlichen Computern und Internetzugängen. Fast alle Pulte waren besetzt. Hier arbeiteten Reisende in ortloser Konzentration. Sie hatten ihr Handgepäck zu ihren Füßen abgestellt, das Jackett, den Mantel darübergeworfen. Manche führten Dutyfree-Artikel mit sich in steifen Tüten. Sie nutzten Flughäfen als Großraumbüros. Reisezeit war Arbeitszeit. Mein Notebook im Rucksack ist mein Bildarchiv, dachte sie. Wo ich bin, ist mein Schreibtisch. Noch von der Toilette aus kann ich Photographien verschicken. Meine Arbeit ist mein längster Schatten. Ich verkaufe ihn täglich.

Rechts bot eine Kosmetikerin Nagelpflege und Gesichtsmassagen an. Ein sinnvolles Angebot des Zeitmanagements. Wann, wenn nicht zwischen zwei Flügen, wäre Zeit für so einen Luxus. Sie sah kurz auf ihre Hände, auf die Monde am Beginn der Nagelbetten, die die Bögen der Fingerkuppen wiederholten; sie fuhr sich über die Wangen. Die schönsten Fingermonde hatte sie in Afrika gesehen, und, wenn sie jetzt nachdachte, an männlichen Händen.

Links begann ein in die Halle gesetzter gläserner Raum, der Rauchern vorbehalten war. Wie im Zoo, dachte sie. Da inhalierten die exotischen Rauchertierchen. Umflorte Lemuren, Wildheit als kleine Sucht im Blick. Es waren meist Männer aller Altersstufen und, wenn der erste Anschein nicht trog, aller Schichten. Manche hatten Bierbüchsen bei sich. Einer der Herren in dunkler Weste und dunklem Jackett hielt eine Whiskyflasche zwischen den geöffneten Knien. Kein Blickkontakt, dachte sie, jetzt bitte keinen Blickkontakt, auch mit keiner der Frauen, die dort ausgesetzt rauchten. Sie sah auf den grauen, leicht genoppten Fußbodenbelag. Als sie an der hohen Plastiktür vorbeiging, roch sie für einen Moment die bittere Luft.

Sie ging weiter, durchquerte ein Café, das damit warb, fairen Kaffee auszuschenken. An einem Getränkeautomaten balgten sich spielerisch zwei Jugendliche. Daneben hatte sich eine junge Familie an einen Resopaltisch gesetzt. Vater und Mutter aßen aus Styroporboxen, die in verschiedenen Fächern Fritiertes, Obstschnitze und Soßen enthielten. Sie sprachen müde miteinander. Das Kind an der Tischseite zwischen ihnen, ein Junge, etwa sechs Jahre, trug einen Kopfhörer, dick wie ein winterlicher Ohrenschützer, und versank vor seinem Laptop in einem Videospiel. Immer wieder näherte sich die Mutter mit einem Löffel seinem Mund. Das Kind sah nicht hoch, es starrte weiter auf den Bildschirm, öffnete aber auf Lippenberührung den Mund und nahm Nahrung an. Es schluckte. Sie sah, wie sich der Vater spontan an den Kleinen wenden wollte, etwas schien ihm eingefallen. Doch noch im Gestus des beginnenden Sprechens hielt er inne und sank wieder zurück in seinen Stuhl. Er hatte begriffen, daß sein Junge neben ihm nicht so einfach zu erreichen war. Instinktiv mußte er entschieden haben, daß das, was er dem Kind hatte sagen wollen, den Aufwand der Störung nicht gerechtfertigt hätte.

Sie ging weiter.

Und auf einmal sah sie es.

Hinter den Tischen des Cafés, wo sich die Halle zu einem Rund öffnete mit Zugängen zu anderen Gates und nochmals in eine gläserne Höhe aufstieg mit Rolltreppenanlagen und Liften, die zu weiteren Ebenen führten, da schwammen Fische.

Da stand ein Aquarium. Nein, nicht einfach ein Aquarium. Ein riesiges Becken erhob sich, offensichtlich in der Funktion eines Raumteilers. Das gibt es nicht, dachte sie und ging vorsichtig darauf zu, Fische im Flughafen! Schritt für Schritt näherte sie sich dem Bassin, als könnte das gefaßte Wasser gleich wieder verschwinden. Eine Flughafen-Fata-Morgana, Schwimmformationen vor dunklen Felsen und bunten Pflanzen. Sie leben im Flughafen, dachte sie, Flughafenfische, und sie sah gelbe und blaue, gelb-blaue und flammend rote, grünschimmernde und indigogeschuppte schwebendleichte Tiere, die sich drehten, in den sandigen Grund stießen, einander verfolgten oder suchend an den bewachsenen Steinen herumzupften. Anemonen wogten wie Felle im Wind, rosa, braun. Musik, dachte sie, alles bewegt sich wie zu einer freundlichen Musik. Dabei ist es still. Versunkene Musik. Chöre aus Atlantis, unhörbar. Und indem sie nun in die Bewegung der Fische sah, schien ihr auf einmal der ganze Raum langsam zur Ruhe zu kommen.

Sie hatte sich nie für Aquarien interessiert, nun aber hielt dieser belebte Quader sie fest. Sie trat dicht an die Scheibe und meinte, das salzige Wasser riechen zu können. Aber das mußte eine Täuschung sein. Sie sah den Ausschnitt eines Ozeans und erinnerte sich an den Geruch von Strand und Meer. Quiberon, dachte sie und wußte augenblicklich wieder, wie Quiberon gerochen hatte. Ein Rochen kam vorbei in einer Bewegung, als schlage er mit den Flügeln, Seepferdchen drehten sich an Algenstengeln, geschwungene Muscheln zeigten ihr opernhaft marmoriertes Fleisch in Lila, Orange und Samtblau. Blaue Seesterne, stachelige, purpurrote Seeigel saßen in den blühenden Felsen, auf denen vielfarbig Blumentierchen (waren es Anemonen, waren es Korallen?) mit leuchtenden Tentakeln wogten und schwammen.

Was für eine Idee, dachte sie. Und wenn sie jetzt durch Glas und Wasser hindurchsah – und an manchen Stellen, wo kein Fels den Blick verstellte, war ein Hindurchsehen möglich –, dann ahnte sie hinter dem Aquarium Reihen von Sitzen und hinter den Sitzreihen Reihen verstellbarer Liegen, auf denen schon Reisende lagerten, als seien sie am Strand. Sie sahen hinaus durch die gewölbte Glasfront des Raumes, der sie großzügig umfing. Dahinter begannen die Rollfelder. Im Dunst breiteten sich die Tragflächen der wartenden Maschinen aus, Stufen von gebirgigem Grau.

Sie beschloß, sich einen Platz zu suchen. Ich beobachte die Flugzeuge, dachte sie, und ich schaue den Fischen zu, bis die Zeit vergeht. Und ich werde schlafen. Doch als sie um das Aquarium herumgegangen war, den Plastiksitzen entgegen, und im Weitergehen noch einmal zurückschaute, sah sie auch das: Eine Hand, ein starker nackter Arm kam aus dem Himmel des Aquariums und sendete eine blaumilchige Wolke hinunter in das tiefere Fluten.

Es ist also geschehen, dachte sie. Die Müdigkeit, die schlechte Luft. Ich habe Erscheinungen. Das ist nicht die Hand Gottes. Das ist mein Kopf. Ich spinne. Ich werde verrückt. Man starrt nicht umsonst fremde Menschen an. Man erfindet nicht ungestraft Freundinnen an Seafood-Theken. Man sieht kein Aquarium im Flughafen. Sie ließ sich auf einen der Plastikstühle fallen und schloß die Augen, so fest sie konnte.

Später aber, als sie die Augen wieder öffnen sollte, war das Aquarium immer noch da.

VI DER RAUCHER

Es gibt keine glücklichen Ehen. Die Liebesheirat ist eine dekadente Erfindung, keine hundert Jahre alt. Glück, ein Leben lang! Sind wir im Märchen? Vielleicht gibt es kurze glückliche Ehen. Wen die Götter lieben. Mein Gott, aber an das Wort »Lebensabschnittspartner« konnte ich mich nie gewöhnen. Ist doch pubertär, wenn man sich nicht binden kann. Wir konnten uns binden. Schon sehr früh. Immerhin. Und die Idee, zusammen alt zu werden, hat doch was. Von Würde. Na, da sind wir wieder im Herrenzimmer. Ehe ist wie Rauchen. Ehe hat Distinktion.

War das wirklich nötig?

Daß ich es jetzt nötig habe, hier zu sitzen. Daß man in diesem verdammten Flughafen nicht rauchen darf. Natürlich bleibe ich. Was bleibt mir übrig. Und rauche und trinke. Ich zeige es ihr. Rauchen tötet. Auch wieder so eine Übertreibung. Sie hat übertrieben. Was hat sie denn vor, in ihrem Alter? Sie hatte doch alles. Seltsame Freundinnen. Körperseminare. Atemtherapie. Freier als sie gelebt hat, das möchte ich sehen, wie das gehen soll. Unser wunderbares Haus, Putzfrau, Bügelfrau. Und gekocht hat sie gerne. Ihre Sammlung von Kochbüchern! Indisch, Japanisch, Thailändisch, Italienisch, noch russischen Borschtsch hat sie mir vorgesetzt. Eine ganze Bibliothek. Ich kam ja meist von Geschäftsessen.

Den Garten hat sie geliebt. Von den frühen Maiglöckchen bis zu den späten Malven. Im Sommer um das ganze Haus Glyzinien bis an die Regenrinne, Bambus, Oleander, Rosen, Rosen! Sie hatte eine Hand für Rosen. Wenn ich kam, war ich immer erstaunt, zugegeben, wie anders der Garten wieder aussah. Diese rasende Gartenzeit. Ich saß ja kaum drin. Aber sie konnte sich hier austoben in so viel Natur. Tolle Gartengeräte, handgeschmiedet, alles vom Besten, und wie sie dann dastand, in der knielangen grünen Leinenschürze, den Gummihandschuhen bis hoch an die Ellenbogen, den Stiefeln. Ach, von mir aus. Meine Gärtnerin. Sie war beschäftigt. Und wenn die Kollegen kamen, machte sich das Ambiente nicht schlecht. Earl Grey und Gebäck im Grünen. Und sie im Etuikleid, Pumps.

War schon was.

Mein Gott, sie hat gepaßt. Wenn es drauf ankam, hat sie so einen Rahmen gegeben. Das war für sie doch auch schön. Oder? Ehe ist ja kein Projekt. Ehe ist der Rahmen. Für welches Bild? Für meine Karriere? Das klingt so einseitig. Sie hatte auch was davon. Sie hat freiwillig mitgemacht. Sie wußte, daß ich stark war auch durch sie. Und jetzt ist sie gegangen.

Gut, es tut weh. Na und. Ich werde es aushalten. Stumpfe Messer sind gefährlich, sagt man. Man rechnet nicht damit, daß man mit so einer alten Ehe noch ausrutscht.

Der Whisky ist nicht schlecht. Es macht ja nichts, daß ich hier aus der Flasche trinke. Das kann ich mir leisten. Es kennt mich keiner. Verlassen. Klingt nicht gut. Ich meine, es spricht sich herum. Aber andere kennen das auch. Trennung ist ein Klassiker. Aber eben nicht bei uns. Dachte ich. Was glaubt sie, was sie bekommt?

Jetzt wird mir doch tatsächlich schwindlig. Ich bin das nicht mehr gewöhnt. Gut fünfzehn Jahre nicht geraucht. Man hört auf, wenn man sich auf sein Gesicht nicht mehr verlassen kann. Die erste Schlaffheit in den Wangen. Und dann die Falten am Hals, reptilienhaft. Dieser Anhauch von sterbendem Tier. Man hört auf, wenn die Werte nicht mehr einwandfrei sind. Wenn der Arzt sich auf einmal Zeit nimmt für ein kurzes Gespräch. Man hört auf. Man ist doch nicht abhängig. Denn selbst wenn man weiterrauchen würde, es wäre nicht mehr dasselbe. Diese Unschuld des frühen Inhalierens. Am Meer. Auf den Klippen von Finistère. Ihre Kniekehlen. Wie sie dasaß, die Beine angezogen, die nackten Füße auf den warmen Steinen. Alt ist man, wenn einem einfällt, daß man jung war.

Aber irgendwann muß es angefangen haben, daß es anders wurde. Schleichend, ein heimliches Gift, an das man sich gewöhnt. Der Erfolg. Die Sicherheit, die wir endlich wollten. Die besseren Stoffe, der bessere Wein, die schönen Hotels. Daß es zeitlich enger wurde, aber schöner. Es wurde immer schöner. Wir konnten uns alles leisten. Ich meine, alles, was wir wollten. Zugegeben, ich wurde ziemlich erfolgreich. Als Wissenschaftler internationales Renommée, gefragter Berater von Pharmafirmen. Und sie bekam das Leben einer schönen Frau an der Seite eines erfolgreichen Mannes. Festlich, wenn sie die Beine übereinanderschlug. Diese Beine, die sie behalten hat. Daß man uns bewunderte, war uns klar. Wir waren ein Paar. Wir waren das Paar. Ihr Lächeln. Sie haben mich beneidet um ihr Lächeln. Und ich legte ihr die Hand auf die Hüfte, ein wenig tiefer als die Hüfte, für das Publikum.

Sie begann, sich dezenter zu schminken. Schimmernde Brauntöne auf den Lippen. Das Puderlicht um die Augen abgestimmt. Sie konnte das. Sie konnte das ganz schnell. Nicht wie andere Frauen, stundenlang im Bad. Einfach die schwarzen Locken hochgesteckt und fertig. Dann die grauen Locken hochgesteckt, blonde Strähnchen. Sie wußte, was ihr stand. Ihre Spangen. Horn, Perlmutt. Sie war schön, sie war praktisch.

Ich habe tatsächlich nie gesehen, daß sie grau war. Ja, sie muß grau gewesen sein. Was sonst. Aber sie wirkte nicht grau. Meliert, sagt man. Ich weiß nicht, wie man sagt. Ich war nie auf den Gedanken gekommen. Sie war doch jung. Vermutlich ist das so, wenn man zusammen alt wird. Eheblind. Was sie wohl an mir gesehen hat?

Daß es jetzt weh tut, hat nichts mit mir zu tun. Das ist in keiner Weise effektiv. Ich war noch nie sentimental. Ich war genau. Auch wenn ich jetzt trinke. Ich will trinken. Ich will rauchen und trinken. Das Leben ist lebensgefährlich. Was sonst. Ich könnte es lassen, sofort. Lebensgefahr. Pericolo di morte. Was nun? Wo liegt die Gefahr? Im Tod doch nicht. Wenn man bedenkt, man kann den Tod auch verpassen. Seltsamer Gedanke. Ich kann nicht mehr als Kind sterben, nicht mehr als der aufstrebende junge Mann, der ich einmal war. Nicht mehr als der schlechte Liebhaber, vermutlich. Ich kann nur sterben als einer, der ich noch nicht bin.

Der Whisky tut gut. Lange nicht mehr gehabt. Nicht besonders stark, im Abgang aber von angenehmer Milde. Schwimmender Verlust der Schwerkraft, submarines Schwindelgefühl. Trinken ist Tauchen. Oban, kleine Bucht. Warum denn nicht? Ich war immer Herr der Lage. Auch wenn ich es nicht war. Aber das mußte schließlich niemand merken. Schwächlinge erkennt man daran, daß sie Schwäche zeigen. Nicht daß sie schwach sind. Wer wäre denn nicht schwach?

Mein Gott, das sind Binsenweisheiten, das Kleine Einmaleins der Profilseminare, Personalführung. Aber man zeigt es doch nicht. Man hält durch, das hält einen. Ich kann Verantwortung tragen. Meine Mitarbeiter. Der Aufsichtsrat. Der Wissenschaftsrat. Die Drittmittel. Meine Gutachten. Die Evaluationen.

Ihre Spontaneität. Aber diesmal hat sie es zu weit getrieben.

Man kann ja kaum atmen. Die Luft ist so schlecht. Das muß den andern doch auch etwas ausmachen. Sie sitzen da, als sei das normal. Wie sich die Gesichter gleichen im Rauch. Oder sehe ich schon schlecht? Das hier ist Körperverletzung. Warum stellt niemand die Klimaanlage höher. Ich höre die Klimaanlage nicht.

VII TOBIAS

Tobias rutschte vom Rollbrett herunter und schob es an den Rand des Beckens. Er stieg die Stufen zu den Filtern hinab, ging zum Spülbecken und ließ das Wasser laufen, bis der Strahl etwas warm wurde. Er wusch sich das Salzwasser von den Armen, trocknete sie ab, griff nach dem Kleiderhaken und zog sein Hemd wieder an. Knöpfte zu, steckte den Stoff in die Hose. Er sah prüfend über seine Anlage, aber die Filter liefen normal, die Pumpen; die Sicherheitslampen brannten. Der Raum hatte seinen beruhigend dröhnenden Sound, ein umwälzendes Schaufeln, ein gewaltiges Strömen und Brausen. Auf dem Tisch lag die Plastikschale mit dem Fischfutter, das er am Morgen aus der Gefriertruhe genommen hatte. Mittlerweile war es aufgetaut: Muschelfleisch, abgebrochene Stücke der Tafeln aus gepreßten Kleinstkrebsen, mit Vitaminen angereichert. Seine Fischschokolade. Aus dem Kühlschrank nahm er eine Banane, einen Apfel, einen Kopf Salat. Er suchte nach dem weißen Küchenbrett, dem Messer und begann zu schneiden. Er fütterte seine Tiere lieber einmal öfter. Er beobachtete genau, wie viel Hunger sie zeigten. Besonders die großen Fische, besonders die Räuber durften nie zu gierig werden. Er hatte ja die Seepferdchen im Becken. Eigentlich ein Wunder, daß er sie immer wieder durchbekam. Jedenfalls eine Weile, jedenfalls manche. Er hatte ihnen in einer strömungsarmen Ecke des Riffs im Schutz von lebenden Steinen einen kleinen Algengarten angelegt, den er streng überwachte. Und hier fütterte er sie regelmäßig von Hand, mit der Pinzette. (Er hatte eine Teleskopstabkonstruktion erfunden, mit der er bis hinunter an den Beckenboden reichte.) Und wenn die Tiere das Metall im Wasser glitzern sahen, kamen sie schon angeschwommen.

Er mußte aufpassen, daß ihm die Seepferdchen nicht verhungerten. Sie schwebten so träumerisch umher, senkrecht mit ihren mähnenschwingenden Rückenflossen, und steuerten nur ein wenig mit den Ohren. Dann wieder hingen sie an einem Algenstengel wie ein Blütenblatt. Sie jagten nicht, sie suchten nicht. Das gefiel ihm. Sie hielten ihre schönen Seepferdchenmünder ins Wasser und saugten an, was an Kleinem eben vorbeikam. Gut, manchmal, wenn sie sahen, wie seine Hand oben ins Wasser eintauchte und Futter streute oder eine Garnele hinhielt, näherten sie sich schon. Aber meist nur langsam mit ihrem Seepferdchenlächeln, scheu, fast so, als ginge es nicht ums Fressen, sondern nur um eine anmutige Begrüßung. Und dann konnte es sein, daß so ein Seepferdchen ganz zu ihm heraufkam und sich mit seinem Schwanz um einen seiner Finger legte und eine Weile daran festhielt.

Der Igelfisch war ganz anders. Auch er fraß gerne aus der Hand, kannte aber keine Hemmungen. Und immer war er schneller oben als andere Fische, die auch Hunger hatten. Die Doktoren hingegen grasten unten unermüdlich die

Steine und Korallenbänke ab. Sie weideten in Scharen. Die Doktorfische waren die Kühe seines Riffs.

Mit der Klinge schob er nun das Kleingeschnittene auf eine Futterpalette und ging wieder hinauf an das offene Becken. Er streute das Futter ins Wasser und sah zu, wie die Fische mit Schnappbewegungen auf die Stückchen zuschwammen, die langsam in die Tiefe trudelten. Der Igelfisch tauchte hoch und zeigte sein forderndes Maul. In Ordnung, dachte Tobias und gab ihm einen Bananenschnitz. Dann ging er das Becken entlang zur Algenwiese der Seepferdchen und ließ ihnen ihr eigenes Futter hinunterrieseln. Später würde er sie mit der Pinzette nachfüttern.

Heute war Salattag. Einmal in der Woche hängte er einen Kopf ins Becken. Er befestigte ihn mit einem Draht am Strunk, gab noch einen Korkschwimmer dazu, damit er nicht unterging, schon hing der Salat wie eine grüne Blütensonne im Wasser und war sofort eingekreist von einem Stern von Fischen.

Nun haben wenigstens die Seepferdchen ihre Freßruhe, dachte er. Tobias hatte niemandem erzählt, daß er Seepferdchen züchtete. Wem hätte er das auch erzählen sollen? Seinen Vorgesetzten im Flughafen? Die kümmerten sich doch nicht um den Bestand. Mittlerweile gehörte sein Arbeitsplatz zur Abteilung Öffentlichkeitsarbeit. Er war Tierpfleger, aber er leistete auch einen Beitrag zur Wohlfühlqualität im Flight Connection Centre. Der Flughafen hatte ja keinen besonders guten Ruf. Er war groß und zu überlastet. Das Sicherheitsproblem wuchs. Und daß das Gepäck hier verloren ging, war sprichwörtlich. Tobias konnte sich schlecht daran gewöhnen, daß man ihn jetzt in das Faltblatt aufgenommen hatte: Genießen Sie die Unterwasserwelt unseres Aquariums. Lassen Sie sich in die Geheimnisse der Tiefe einführen. Und ähnlichen Blödsinn. Aber was sollte er machen? Er stand Rede und Antwort, wenn es sein mußte. Früher war er nur Aquarist gewesen; jetzt war er zudem Animateur.

Immerhin hatte er freie Hand, was die Tiere, die Pflege, die Wartung anging. Solange nichts kippte, solange nicht zu viele Fische starben, so lange er keine Algenplage bekam und die Fische schwammen und fraßen und leuchtend schön waren in einem ansprechenden Ambiente, ließ man ihn in Ruhe. Wenn ihm Privatleute ihre Fische brachten, setzte er sie in ein Quarantänebecken und entschied nach einer Weile, ob er sie aufnehmen konnte oder nicht. Auch die Beamten vom Zoll schätzten ihn. Wie sollten sie denn im Einzelfall begutachten können, welche der Fische, die da vor ihnen in den Plastikbeuteln schaukelten, legal eingeführt werden durften? Er konnte in diesen Fällen weiterhelfen. Und wenn ein Fisch nicht rechtmäßig eingeflogen worden war, kam er in sein Becken. Wenn er ihn wollte. Die zweite Adresse nach ihm war der Zoo. Eine Rückreise in ihr Meer würden die Tiere kaum überleben.

Und irgendwann hatte er begonnen, Seepferdchen zu züchten. Er mochte ihr schutzloses Dasein, bei dem sich nicht immer unterscheiden ließ, war es ein Schwimmen, war es ein Schlafen. Seepferdchen zu züchten war nicht so leicht, wie es in den Büchern stand, aber kaum so schwer, wie er befürchtet hatte. Es war nur sehr zeitaufwendig. Man brauchte Plankton für die Kleinen, und das mußte erst gezogen werden, am besten in mehreren Becken, damit man Plankton in allen Stadien und auf Vorrat hatte. Und dann waren verschiedene Kleinaquarien nötig. Eines, in dem der Vater gebären konnte, Strömungspumpe ganz schwach einstellen, Filter und Abschäumer für die Geburt abstellen. Denn wenn der Vater einen Schwarm von Neugeborenen aus seinem Bauch entließ, dann war das ja nur eine empfindliche Wolke, ein taumelnder Hauch winzigster, aber schon vollentwickelter Seepferdchen. Immer noch, obwohl er das nun schon oft gesehen hatte, stand er staunend davor. Er hätte nicht sagen können, was sensibler wäre als so ein tanzender Nebel. Er schöpfte die winzigen Ponys dann vorsichtig mit einem Becher ab und setzte sie in ein Neugeborenenbecken mit schwebendem Plankton und manche auch in ein Becken mit hüpfendem und schwimmendem Plankton und hoffte, daß sie fraßen. Am milchigen Kot erkannte er, wenn sie verdauten.

Die Tiere entwickelten sich sehr unterschiedlich. Manche fraßen sofort, wuchsen, nahmen auch bald Artemia (und produzierten dann rötlichen Kot), bei anderen sah man keinen Fortschritt. Die gut gedeihenden Artemiafresser separierte er immer sofort. Mit etwa vier Wochen kamen sie dann in ein Aufzuchtbecken, auch hier vermied er noch lebende Steine, man konnte nie sicher sein, ob in den Aushöhlungen nicht doch ein Krebs hauste, der gerne winzige Seepferdchen fraß. Und auch jetzt noch brauchte es weiterhin Geduld und Aufmerksamkeit. Immer wieder gab es Seepferdchen, die eigenwillig nur Lebendfutter annahmen. Da hing er also mit einem Garnelchen in der Pinzette da und wartete, bis das Pony wie zufällig vorbeiwippend mit seinem kleinen Maul ankam, sich entgegenstreckte und das durchsichtige Tierchen einschlürfte. Seepferdchen schmatzen.

Es war erstaunlich, wie manche im Flughafenriffbecken einen richtigen Entwicklungsschub machten und auf einmal Trockenfutter oder Aufgetautes akzeptierten. Und wenn nicht, er hatte da so Kandidaten, mußte er eben aufpassen, daß auch die Empfindlichen ihr Fressen bekamen.

Er wischte sich die Hände ab. Später, dachte er noch einmal, später füttere ich mit der Pinzette nach. Mag sein, die Seepferdchenzucht interessierte ihn gerade deshalb, weil sie nicht einfach war. Und wenn sie gelang, empfand er einen Schwung neugeborener Ponys als eine freundliche Antwort der Meere an ihn, den Hirten der Fische.

Gerade brütete in seinem Zuchtbecken wieder ein Seepferdchenmann. Er hatte ihn seit einem Jahr; in dieser Zeit war er dreimal Vater geworden, etwa 150 Seepferdchen hatte er geboren. Natürlich kam nur ein Bruchteil durch, aber das war in der Natur nicht anders. Und wenn er sie endlich ins große Becken setzte, dann wurden sie doch noch gefressen, oder sie fraßen nicht genug, oder sie nesselten sich an einer Koralle, an der sie sich festhalten wollten. Oder sie starben ohne einen für ihn erkennbaren

Grund. Auch das kam vor. Eigentlich kam von allem etwas vor. Immer wieder fischte er tote Seepferdchen heraus. Und züchtete nach. Oft starb aber auch ein guter Seepferdchenvater nach der Geburt. Denn nicht immer leerte er seinen Brutbeutel ganz, verbleibende Ponys starben ab und es kam zu Entzündungen, mit denen der Vater nicht fertig wurde. Da es bei den Seepferdchen die Väter waren, die die mühsame Zeit der Schwangerschaft auf sich nahmen, hätte man, dachte Tobias, doch erwarten können, daß die männlichen Tiere von den weiblichen (die es ja relativ leicht hatten, einmal Eier in den Bauchbeutel des Mannes legen und fertig) umworben würden. Das war aber nicht so. Die Weibchen blieben ganz gelassen, und die Paare fanden sich wie selbstverständlich zusammen.

Sie tanzten. Genaugenommen hängten sich Seepferdchenmann und Seepferdchenfrau mit den Schwanzspitzen ineinander, sie bildeten ein Seepferdchen-V und schwebten das Riff entlang. Vornehmlich in ihrer Ecke, wenn sie schlau waren. (Er hatte ihnen wirklich alles so bereitet, daß sie in ihrer Ecke – Caulerpaalgen, strömungsarm – bleiben sollten! Was konnte er machen, wenn sie sich nicht daran hielten!)

An den Riffen der Ozeane, hatte er gelesen, waren diese Tiere monogam, und sie blieben sich lebenslang treu. Im Aquarium konnte davon keine Rede sein. In den Becken der Menschen verwilderten sie leicht und verloren ihren sozialen Seepferdchensinn. Gut, es gab auch hier Paare, die sich über eine längere Dauer so zu mögen schienen, daß sie sich in ihrer Färbung aneinander anglichen. Da bekam ein flachsrosa Männchen aus reiner Sympathie schon einmal blaue Punkte, weil sein Weibchen solche hatte. Aber bald ging auch wieder alles durcheinander. Am Ende brütete der Vater, von welcher Mutter die Eier kamen, war nie sicher.

Tobias spülte die leere Palette ab, er wusch sich noch einmal die Hände. Die Leuchten an den Sicherheitsschaltern brannten. Er hatte seit zwei Tagen die Innenscheiben nicht mehr geputzt. Er suchte nach den Magneten. An der Wand hing eine Rolle Stahlwolle. Er riß ein Stück davon ab und band es um den Schwimmagneten, den er bei der Spüle fand. Nun ging er wieder hinauf ans offene Becken, legte den mit der Stahlwolle überzogenen Magneten aufs Wasser und schickte ihn mit einem Stoß gegen die Glasfront. Er stieg die Stufen hinunter, nahm den korrespondierenden Magneten mit dem abgeschabten Filzüberzug und griff nach der leichten Aluminiumtreppe. Er öffnete die weiße Tür.

VIII ELIS

Die Hand Gottes ist fort, dachte sie. Und jetzt knabbern die Fische an einem Salatkopf. Wenn es weiter nichts ist. Es kam nicht mehr darauf an.

Sie richtete sich ein wenig auf. Es waren zu viele Fische, als daß sie sie hätte zählen können. Sie sah in den blauen Glaskörper, in die wogenden Blumentierchen. Das Ganze mußte unter Strömung stehen. Blau, dachte sie. Woher kam das Blau in der farblich indifferenten Halle? Sie stand auf und ging an die Scheibe, um nachzusehen. Sie beugte sich vor und drehte den Kopf nach dem Himmel des Aquariums. Es blendete. Ja, vermutlich eine Reihe blauer Leuchten von oben. Ein künstliches ozeanisches Flughafenblau. Sie ging zurück.

Noch immer bildeten die Fische einen zupfenden Stern um den Salat. Habe ich jemals Fische an einer grünen Tafel speisen sehen? dachte sie. Eigentlich kenne ich es andersherum.

Die Austern fielen ihr ein, und es fröstelte sie. Sie überlegte, ob sie ihren Mantel wieder anziehen sollte. Aber es war ja warm. Vielleicht hatte sie Hunger, vielleicht sollte sie noch mehr Wasser trinken. Durst unterschätzte man leicht bei Reisen. Damals war sie in Afrika, Benin, einfach umgekippt, nur weil sie vergessen hatte zu trinken. Unprofessionell, peinlich. Aber bei der hohen Luftfeuchtigkeit spürte man den Durst nicht. Sie hatte nach einem Taxi gewunken. Es war Mittag gewesen, und sie hatte nicht ungeduldig sein wollen an der Ausfallstraße von Cotonou nach Porto Novo, und sie hatte sich immer wieder gesagt, das nächste Taxi hält. Aber sie mußte einen Code nicht verstanden haben, etwas Grundsätzliches machte sie falsch. Vielleicht stand sie einfach nicht an der richtigen Stelle. Aber andere standen auch da und winkten, und vor ihnen hielten dann Taxis. Die unerbittlichsten Rituale waren die, die sich nicht als Rituale zu erkennen gaben. Und als sie dann die Augen aufschlug, sah sie weiße Zähne. Große weiße Zähne, und das starkzahnige Monster hatte weiche Hände. Die ihr nun in den Nacken griffen und eine Plastikflasche an die Lippen drückten. Und sie trank. Und das starkzahnige Monster bekam weibliche Züge, die immer jünger wurden, und ein Lachen, das auf einmal übermütig war, und die Zähne wurden kleine, weiße, klickende Linsen in einem vollen roten Mund.

Dieser Nachtmarkt damals, heller Mond über der Savanne und dann eine weite, züngelnde Lichterebene kleinster Verkaufsauslagen (ein paar Chilischoten, ausgespülte Büchsen, Schnüre, ja selbst Pappkartonstücke, sorgfältig aufeinandergelegt). Jedes Angebot wurde von einer improvisierten Petroleumleuchte (brennender Docht, der in irgend etwas schwamm) erhellt. Das Licht machte, daß ein jedes, was auch hätte Müll sein können, was für europäische Augen kaum anderes als Müll war, zur schimmernden Ware wurde. Und selbst den, der nichts hatte, erhob es in den Stand eines Verkäufers. In dieser Nacht gehörte er dazu, er spielte mit, er hatte sich eine Existenz erfunden. Ganze Familien hockten um ein wenig Knoblauch, die einzelnen Zehen zum Muster gereiht wie Perlen, Preziosen aus dem kostbarsten Stoff. Botschaften auch.

Sie sah auf ihre Armbanduhr, und die Ziffern sagten ihr nichts.

Die Ritterlichkeit der afrikanischen Taxifahrer. Man mußte sie nur bitten, und dann kamen sie mit und zeigten ihr Land, das man ohne sie nie gefunden hätte. Sie hatte immer nach dem durchschnittlichen Tagesverdienst gefragt. Und das Doppelte bezahlt. Beschämende Pfennigbeträge. Dieses Benin war wohl lange verschwunden. Einst französischer Schreibtisch Westafrikas. Von marodierenden Kinderbanden las sie jetzt in den Zeitungen, von den jungen Toten morgens in den Straßen.

Sie suchte nach einer Flughafenuhr; sie wußte nicht, ob sie ihre Zeit gemäß der Ansage im Flugzeug umgestellt hatte. Aber das war ihr auf einmal seltsam egal.

Es sei kein anderer Anschlußflug möglich gewesen, hatte man ihr gesagt, sie würde einen längeren Aufenthalt im Transit haben. Das Reisebüro der Redaktion hatte alles organisiert. Sie brauchte sich nur einschleusen lassen. Sie mußte einfach am richtigen Tag zur richtigen Zeit am richtigen Flughafen sein.

Wie in Kunming, dachte sie, wo ich es für teuflische Minuten nicht gewesen bin. Sie stand auf und ging wieder vor ans Aquarium. Sie legte beide Hände nebeneinander auf die Scheibe. Jetzt bin ich zwei Seesterne, dachte sie. Schließlich könnte man im Leben auch einmal zwei Seesterne sein. Sie spreizte die Finger und überlegte, wie es sich anfühlen würde, wenn sie Saugnäpfe hätten. Das Glas war kühl. Wieder meinte sie, das Salz zu riechen. Und wußte, daß es nicht zu riechen war. Nacheinander hob sie einzelne Finger ab und ließ sie wieder auf die Scheibe fallen. Plong, plong, plong. Jetzt war sie ein Seestern, der Klavier spielte. Und nun ein Chopin-Akkord, Nocturne für ein kleines Flughafenmeer. Sie hob alle Finger und setzte sie gleichzeitig wieder auf. Plooong. Als ein blauer Fisch sich zielsicher näherte, erschrak sie und zog die Hände zurück. Sie beobachtete, wie das Tier die Scheibe absuchte, als gäbe es etwas zu fressen. Du hast Salat, sagte sie leise.

Hongkong, Kunming. So ein fragiles Flugzeug, und man bekam die bitterfrischen Tücher für das Gesicht. Sie waren feucht und warm, fast heiß, eine unverhoffte Zärtlichkeit.

Und dann hatte unten eine nie gesehene Landschaft begonnen in Grün und Rot, Terrassen, Felder, Labyrinthe unbekannter Fruchtfolgen. Die Maschine flog in einer mittleren Höhe, zu hoch, als daß ein genaues Wahrnehmen der Einzelheiten möglich gewesen wäre, aber tief genug, um das Auge in Versuchung zu führen, etwas genauer erkennen zu wollen. Und dann begann es zu schaukeln.

Die Maschine stürzte. Kleine Signalleuchten über den

Sitzen blinkten auf, das Klicken der Sicherheitsgurte lief wie ein Echo durch die Reihen. Die Maschine fing sich und stürzte erneut, ein kleiner trudelnder Körper aus Metall, in dem winzige Menschen saßen.

Jetzt vielleicht sterben, hatte sie gedacht. Und dann hatte sie gedacht, ja, warum eigentlich nicht. Aber sie war einfach müde gewesen, zu müde für ein grandioses Aufflackern von Angst.

Immer wieder hatte sie über ein gutes Sterben nachgedacht. Kinder, sagte man, sterben leichter, weil sie noch nicht so sehr am Leben hängen. Sie wußte nicht, ob das stimmte.

Vermutlich würde ein gutes Sterben etwas mit Zulassen zu tun haben, mit dem leichten Einverständnis, diesen einen, unzureichenden und perfekten, schönen und vergänglichen, besonderen und mit so kleinen Varianten milliardenfach vorkommenden Körper wieder eingehen zu lassen in den großen Vorgang der Verdauung von Erde und Meer.

Ein erfahrener Photograph, mit dem sie manchmal in den Redaktionen zusammenkam – sie waren auch miteinander gereist –, hatte ihr einmal gesagt, vor dem Tod habe er keine Angst, vor dem Sterben vielleicht. Es war in Arkadien gewesen, Griechenland, eine Dorfgeschichte für ein Reisemagazin. Sie waren beieinandergesessen vor dem Kamin des einzigen Hotels der Gegend, eine lausige feuchte Unterkunft, kalt jetzt im Oktober, und sie hatten Gin getrunken und die nackten Füße gegen das Feuer gehalten, während die Socken an den Seiten des Kamins trockneten. Und da hatte er nur aufgelacht. In diesem Augenblick war es das Lachen gewesen, das sie überzeugte.

Einmal habe er eine Elefantenkuh sterben sehen, mit allen Ritualen begleitet von ihrer Herde. Es sei die Mutter eines Clans gewesen. Und sie war schon nicht mehr sicher auf den Beinen. Die anderen waren zu ihr gekommen, ganz nah und hatten einen Kreis um sie gebildet und versucht, sie zu stützen. Der Bulle des Clans war auch gekommen. Und habe sich an sie geschmiegt. Aber die Matriarchin sei in die Knie gegangen, sehr, sehr langsam, und dann sei ihr Kopf ins Gras gesunken. Sie habe die Augen offen gehalten. Und der Bulle habe nun versucht, seine Stoßzähne unter ihren Kopf zu schieben und sie zu heben. Aber auch nach verschiedenen Versuchen sei es ihm nicht gelungen. Ihr Körper war zu schwer. Auch die anderen haben versucht, die alte Elefantin aufzurichten. Ohne Erfolg. Und dann habe der Bulle sie bestiegen. Damit sie lebe. Als sei das das Einzige, was nun noch helfen könnte. So habe er sie begleitet, bis sie tot war. Dann habe er von ihr abgelassen. Und er habe gestöhnt. Und auch die Herde habe in langgezogenen Trompetentönen geklagt. Der Abschied der Elefanten von der toten Mutter habe viele Stunden gedauert. Die Farbe ihrer Haut sei hell geworden. Und noch zweimal habe der Bulle sie bestiegen, als könne er sie doch noch ins Leben zurückholen.

Das Flugzeug war nicht abgestürzt, es war gelandet. Sie war ausgestiegen und in einer Schlange gestanden, Paßkontrolle. Sie hatte irgendwelche Zettel vorgezeigt, die man ihr im Flugzeug gegeben hatte. An den Wänden waren Schriftzeichen gewesen, die sie nun nicht mehr verstand. Sie war weiter vorgerückt in der Schlange und dann durch ein Spalier von wartenden Menschen gegangen. Viele von ihnen hatten Schilder bei sich, auf denen Zeichen standen. Manchmal konnte sie auch einen Namen in lateinischer Schrift entziffern. Sie hatte nach ihrem Namen gesucht, nach ihrer Übersetzerin. Sie kannten sich nicht, die Redaktion hatte als Treffpunkt diesen Flughafen verabredet, man hatte der Übersetzerin mitgeteilt, wann ihr Flug aus Hongkong ankommen würde. Aber so sehr sie sich auch umsah, sie sah kein Schild, das zeigte, daß hier jemand auf sie wartete. Auf einmal hatte sich die Menschenschlange aufgelöst in kleine Grüppchen oder Einzelreisende, die zielsicher weitergingen. Alle schienen gefunden zu haben, was sie gesucht hatten, und bald waren die letzten durch eine der schäbigen Schwingtüren nach draußen verschwunden.

Sie stand alleine in der Vorhalle. Neue Reisende kamen, die wohl abfliegen wollten. Sie drehte sich in alle Richtungen. Überall Schrift, die sie nicht lesen konnte. Keine Uhr.

Vielleicht ist heute der falsche Tag, hatte sie für einen Moment gedacht. Oder es ist der falsche Flughafen. Vielleicht bin ich zu früh ausgestiegen, vielleicht war es nur ein Zwischenstop. Um sich herum hörte sie die Töne einer fremden Sprache. Das alles klingt wie Spielzeug, dachte sie, wie eigensinniges böses Spielzeug. Sie stand. Sie hatte noch einige Hongkong-Dollar bei sich, aber kein Geld in der Währung, die hier galt. Überall Zeichen, aber alle Zeichen sendeten nur eine Botschaft: Du verstehst uns nicht. Sie stand da, und in ihrem Kopf drehte sich die Endlosschlaufe weiter. Stimmte der Ort? Stimmte die Zeit? Stimmte der Tag? Stimmte vor allem der Ort! Stimmte der Tag? Auf einmal war sie nackt. Sie hoffte, daß niemand sie sähe. Sie wünschte, nicht zu sein. Vielleicht waren es fünf Minuten, vielleicht zehn, die sie stand. Was waren fünf Minuten, was waren zehn? Sie stand in der Vorhalle des Flughafens von Kunming: wenn das denn stimmte! Sie stand in einer kurzen, existenzlosen Ewigkeit. Sie sah das Diktat einer wütenden Schrift an der Wand und hörte einen sadistischen Sprachsound leiern.

Dann sah sie eine Hand, die einen Strohhut hielt. Von dem Strohhut flatterte ein schmales blaues Band. Sie nahm einen Schottenrock wahr und eine gestreifte Bluse, die haarscharf nicht zu diesem Muster paßte. Eine dicke Brille, hinter der strenge Augen lagen. Schwarze, zurückgebundene Haare.

Weiße Söckchen in Sandalen.

Die Schwingtür beruhigte sich.

Eine Frau kam auf sie zu und nannte sie bei ihrem Namen.

Passanten zogen an der Scheibe entlang. Manche blieben stehen. Man konnte auch die Gesichter derer erkennen, die hinter dem Aquarium standen, es sei denn, sie wurden verdeckt von einem Stück Riffgestein. Wenn ich wollte, könnte ich hier eigenartige Bilder machen, dachte sie. Aber ich bin müde. Man könnte sich ans Glas stellen und so tun, als photographiere man die Fische, das wäre glaubwürdig. Und in Wahrheit stellte man die Kamera auf die Gesichter hinter dem Aquarium ein. Niemand würde das bemerken. Es wäre die ideale Situation für einen Photographen, im Schutz der Fische unsichtbar zu sein. Dieses Aquarium war eine Tarnkappe. Aber sie brauchte keine Tarnkappe, sie wollte nicht mehr aufmerksam sein. Es ist ein wunderbares Sujet, ja, vielleicht unwiederholbar. Da fiel ihr das Wort Schauekel ein. Das Wort gab es nicht. Es schien ihr ein gutes Wort zu sein. Oder war es eher Präzisionsekel?

Auf einmal war sie wieder in der Küche der Übersetzerin. Eine helle Resopalküche, abwaschbar, Blick auf einen Betonbalkon, wo sich gefüllte Plastiktüten stapelten. Zwei Schweizer Sinologiestudentinnen waren mit am Tisch, eine reiche Holländerin, die hier seit Jahren für einen Limonadenkonzern arbeitete. Und der Mann der Übersetzerin. Der Mann der Übersetzerin war ihr gegenübergesessen. Es hatte Suppe gegeben, Suppe in hellen Schalen. Die andern hatten chinesisch gesprochen, auch deutsch, englisch, holländisch. Nur der Mann und sie hatten nichts gesagt. Warum habe ich nichts gesagt, dachte sie. Weil ich müde war, weil ich nur dabeisein wollte. Nur einfach dabeisein. Weil ich gerne eine Tarnkappe gehabt hätte. Und dann hatte sie den Mann angesehen und gesehen, daß er sie angesehen haben mußte. Die ganze Zeit schon. Und sie hat mit dem weißen Porzellanlöffel die Suppe bewegt, diese geleehaft angedickte, transparente Flüssigkeit mit den dunklen Algenfäden, den rosa Krabben, den grauen Pilzen. Sie hat von der Suppe wieder aufgeschaut und den Mann wieder angesehen. Sehr schmaler, gerader Mund.

Und dann hatte sie es in seinen Augen gesehen.

Die anderen haben geredet, ja gelacht, weil die Schweizer Sinologiestudentinnen sich in gewagten chinesischen Konstruktionen versuchten, Silben singend, und die Übersetzerin unterstützte sie nickend und lachend.

Der Mann war sehr aufrecht dagesessen. Er hielt einen Löffel in der Hand. Und dann hatte er sie nicht nur angesehen, er war in sie versunken, mit seinen sich weitenden Augen in sie versunken. Das ist doch wohl nicht möglich, hatte sie gedacht, hier am Tisch mit seiner Frau und all den fremden Europäerinnen. Sie waren Gäste.

Und die Holländerin hatte die Sinologiestudentinnen mit englischen Imperativen zu weiteren Sprachkunststükken angefeuert und alle hatten gelacht.

Nur der Mann der Übersetzerin sah sie an. Und sie sah wieder in den Teller, rosa Flüssigkeit mit dunkleren Pilzen und Garnelen und Algen. Und sie rührte mit dem Löffel, daß sich das Algengrün bewegte. Und sie wollte ihn nicht ansehen, aber sie mußte ihn ansehen, wenn sie sehen wollte, ob es stimmte. Und sie sah schwarze Augen, in denen ihr Schauen verschwamm.

Sie war die wenigen Schritte zu der Reihe der Plastikstühle zurückgegangen und hatte sich wieder in ihren Sitz fallen lassen. Er hat einfach onaniert. Er hatte sie über den Tisch angesehen und onaniert. Es war frech und traurig zugleich. Ich bin müde, dachte sie, ich sollte ein wenig schlafen.

Unabsehbar zogen Menschen vor dem Glas vorbei, hinter dem die Fische schwammen. Hinter den Fischen floß ein matteres Band von Passanten. Es ist schön hier, dachte sie, es geschieht mir nichts, es kann mir nichts geschehen. Bald geht es weiter, und so lange muß ich nichts tun. Niemand erwartet etwas von mir. Sie spürte noch, wie ihre Augenlider begannen, an Spannung zu verlieren. Und da roch sie ihn wieder. Und war wach.

Wo ein Flughafen war, war immer auch er. Dieser elende Dutyfree-Geruch. Sie drückte die Schultern durch. Es ist doch vorbei, dachte sie. Und es ist nicht schlimm. Das Gute an dieser beiläufigen Geschichte war, daß es jetzt nicht schlimm sein muß. Er war angenehm, zugegeben. Aber nicht mehr. Und er hatte auch etwas von einer Anziehpuppe. Pilotenliebe. Sie riß die Augen weit auf und starrte zu den Fischen. Da schwimmen sie hin und her in ihrer unangreifbaren Freundlichkeit, schnuppern herum und zupfen am Salat, sind schön anzusehen und fern und nah und fern und nah. Und nicht berührbar.

Nein, sie liebte ihn nicht. Darum war es nie gegangen. Und doch – und auch das konnte sie sich eingestehen –, sie wäre gerne noch bei ihm geblieben. Eine kleine Weile bleiben, in seinen Bahnen, mit der Fliegerlizenz zu Sehnsucht.

Nein, ich bin nicht traurig, dachte sie. Ich bin nur müde. Und sie gähnte gegen etwas Schweres an, als könne sie es jetzt vertreiben mit einem kurzen Schub von Sauerstoff.

Da bemerkte sie den Blick eines Mannes. Er stand am Glas. Sie erschrak und hielt sich die Hand vor den Mund. Der Mann sah sofort weg. Er hatte eine kleine Aluminiumleiter in der Hand und ging jetzt um das Aquarium herum an die Rauminnenseite des Beckens, dort wo die Cafés, die Geschäfte begannen. Sie sah ihm nach.

Dann bückte sie sich nach ihrem Rucksack. Ich könnte E-Mails lesen, dachte sie. Und sofort ekelte sie dieser Gedanke. Sie wollte das Notebook nicht berühren. Sie wollte sein Brummen nicht hören, sein Auffiepen, seinen vielwissenden Ton. Es interessierte sie nicht, wer ihr von wo was auch immer geschrieben hatte. Sie hatte nicht die Kraft, jetzt auf mögliche Aufträge zu reagieren. Sie war die nächsten Monate ausgebucht und noch nirgends angekommen.

Seit Tagen lebte sie jetzt ohne Handy. Sie hatte es in Kunming auf dem Markt verloren. Und ganz verstand sie nicht, warum sie es nicht gleich bemerkt hatte. Es mußte ihr aus der Manteltasche in den Sand gefallen sein, in den feuchten Sand auf dem Platz vor dem Imbiß, wo es die Hefeteigbuchteln gab. Dampfende, heiße Hefeteigbuchteln in kleinen, beschlagenen Glasvitrinen, an deren Scheiben innen das Kondenswasser herunterlief. Sie hatte den Mantel vielleicht schlampig, vermutlich zu schnell über einen der Klappstühle gelegt, als sie ihren Geldbeutel im Rucksack nicht gleich fand. Sie hatte das Fehlen des Handys zu spät wahrgenommen, und dann war sie seltsamerweise zu sehr abgelenkt gewesen, um durch den Verlust besonders irritiert zu sein. China war groß.

Vielleicht war sie durch die Reise ein wenig apathisch geworden, das kam manchmal vor, ein ganz normales Phänomen bei Überreizung. Oder sie war doch paralysiert von diesem singenden Eunuchen, zu dem die zwei Sinologiestudentinnen aus Zürich sie am selben Abend noch mitnahmen.

Es war eine Veranstaltung in einer Vergnügungshalle, in der sich Familien und Freunde trafen, um zu essen. Minoritäten-Gruppen tanzten. Oder vielmehr Tanzgruppen, die sich als ethnische Minoritäten verkleidet hatten. Bauchladenverkäufer boten gepunktete Würmer zum Spielen für die Kinder an und rosa und blau eingefärbte neugeborene Küken, die noch torkelten. Ein Teezeremonienmeister ging durch die Reihen und zielte Tee aus einer schmal auslaufenden Tülle seiner Kanne über einen Meter weit in die zierlichen Tassen. Und auf dem Höhepunkt des Unterhaltungsprogramms sang der Eunuch. Die Zürcherinnen sagten, man käme nicht wegen des Essens hierher, auch nicht wegen der anderen, sicher respektablen Darsteller. Man käme wegen des Eunuchen. Der Eunuch sei Kult.

Endlich trat er auf die Bühne, mit einer zögernden Bescheidenheit. Er war weißgekleidet und dicklich. Er verbeugte sich ernst. Und er zeigte, daß er wußte, nur eine Unterhaltungsnummer zu sein. Und dann sang er die sehr kitschigen Liebeslieder wie einer, der sie ganz und gar annimmt, ja, der sie auf sich nimmt und nur deshalb gleichzeitig über sie klagen kann. Über ihre Wahrheit und notwendige Unzulänglichkeit. Er bewegte sich wiegend mit der Wehmut eines häßlichen Menschen, der um die Schönheit weiß. Und zwischen Räucherkerzen und glasierten Nüssen, im Aroma süß-sauren Schweinefleisches, in das sich der Duft von Jasmintee und Tsingtao-Bier mischte, glaubte sie diesen fremden Menschen so gut zu verstehen wie einen Bruder. (Sie hatte keinen Bruder. Sie hatte keine Schwester.) Und dann war da der plötzliche Wunsch gewesen, an der Schulter des dicklichen alten Eunuchen zu weinen. Aber als sie sah, wie er nach jedem Lied von Scharen chinesischer Fans umgeben war, die ihm mit Süßigkeiten und Blumen huldigten, erkannte sie, daß sie als Fremde keine Chance haben würde für eine persönliche Träne an seinem weichen Schlüsselbein. Jedenfalls hatte sie über dem Eunuchen das Handy vergessen, ja, sie war erst am Abend des nächsten Tages auf die Idee gekommen, daß sie die SIM-Karte sperren lassen mußte. (Vielleicht war auch Trotz dabei, vielleicht wollte sie, daß ihr das Handy egal war. Es war ihre persönliche, unsinnige Verbeugung vor dem Eunuchen.) Irgendwann hatte sie von einem Münzautomaten, gegen den Straßenlärm anbrüllend, mit der Vertragsgesellschaft telephoniert. Aber ein neues Handy hatte sie nicht gekauft.

Ich könnte die Zeit auf dem Flughafen nutzen und mir ein Handy aussuchen, dachte sie. Und dann kam ihr dieser Gedanke in einer schon erschreckenden Weise absurd vor.

Kunming, was für eine seltsame Stadt. Sie war auch da nur auf der Durchreise gewesen, zwei, drei leere, geschenkte Tage, bis die Übersetzerin die kompliziertere Weiterreise in den Süden organisiert hatte. Es hatte viel geregnet, ein warmer, sehr dünner Regen, Fäden von Regen, die fast nur feuchte Luft waren. Überall stand Wasser. Und einmal war die Sonne herausgekommen und hatte die Straße in eine glänzende Pfütze verwandelt, in eine Seenplatte, lange, braune Lachen reihten sich an lange, braune Lachen, zwischen denen nur manchmal flache Inseln den lehmigen Grund und Boden zeigten. Und nur noch auf dem Fahrrad war durch diese Brühe hindurchzukommen.

Die Häuser entlang der Straße waren Hochhäuser gewesen, Leichtbauweise, mit zerbrochenen, manchmal von Sichtfolie verklebten Scheiben, und die Vorhänge wehten heraus, und in den Fenstern sah man hohe metallene Stockbetten, zwei, auch drei übereinander, und auf den Matratzen waren junge Leute gelegen, schlaksig. Und dann Wind, und mit dem Wind kam Mozart. Tatsächlich Mozart. Die Vorhänge bauschten sich, und die schlecht verklebten Sichtfolien knisterten und knallten.

Unten am Rand der großen Pfütze hatte sich nun das Mädchen hingestellt mit langen, braunen Beinen. Kurzer Rock, Turnschuhe. Und als ein Mann auf dem Fahrrad vorbeiradelte – bei jedem Hinuntertreten der Pedale waren die Füße, die Waden des Mannes im Wasser –, da winkte das Mädchen, und schon war eine Freundin hinter ihr und noch eine und sie winkten und zeigten lachend, daß sie hinüberwollten. Der Mann hielt an, schob watend das Rad an den Rand, half dem fremden Mädchen auf die Stange, denn sein Rad hatte keinen Gepäckträger, und setzte es hinüber über die Pfütze. Und auch andere Männer hatten angehalten und die anderen Mädchen auf die Fahrräder gesetzt und über die braune Pfütze gebracht.

Für einen Moment hatte sie sich gewünscht, eines dieser Mädchen zu sein.

Die Stadt war voller Fahrradfahrer gewesen, Wolken von Fahrrädern. Wie auf Photographien. Aber noch nie war sie mitgefahren im Schwarm. Schon am zweiten Tag hatte die Übersetzerin ihr ein Fahrrad geliehen, sie habe noch ein zweites, hatte sie gesagt. (Und vermutlich gelogen.) Sie brauche doch ein Fahrrad, wie wolle sie sich sonst in der Stadt bewegen. Diese Fahrräder hatten keinen Rücktritt und keine Lampen. Und man fuhr im Pulk in den großen Boulevards. Sie lernte, sich beim Abbiegen früh auf der richtigen Seite einzuordnen. Niemand gab ein Handzeichen. Ein Radfahrer war nur eine winzige Schuppe an einem geschmeidigen Körper, der dahinfloß, sich teilte und wieder wuchs. Sie gehörte dazu. Auch nachts (und nach dem Abend mit dem Eunuchen war sie viel zu spät losgefahren und atemlos gerade noch vor der Mitternachtssperre am hohen Gatter des Wohnheims angekommen). Ohne Lampe, Rücktritt, Handzeichen.

So war sie unterwegs gewesen in jenen vagen Tagen in Kunming. Sie war mit den Zürcherinnen Fahrrad gefahren, quer durch die Stadt und um die Wette. Und einmal hatten sich die zwei, es war ein heißer windiger Tag, von einer Obstverkäuferin, die in aufrechter Hocke am Straßenrand saß, frischgeschälte Ananasviertel auf Holzspießen gekauft.

Unbeholfen setzte sie den beiden nach, die nun einhändig fuhren, in die tropfende Ananas bissen und zu ihr zurücklachten.

Auf den Markt ging sie allein. Sie schob sich durch die Hallen der engen Käfigreihen mit Papageien, Beos, Kakadus und aufgeregt springenden Singvögeln und sah den Männern zu, die hier ihre Vögel kauften, die sie in zierlichen Gittergestellen wie in Handtaschen mit sich führten. Sie verlief sich willig im Gemüsemarkt zwischen aufgetürmter Petersilie, als sei es Heu, Frühlingszwiebeln, Körben von tiefgrünen, augenscheinlich eßbaren Blättern, Brettern voller stachliger Gurken – alles was bitter ist, ist gesund – Dill.

Plastikschüsseln, Plastikschüssel an Plastikschüssel, handliche Teiche voller Frösche. Quakend.

Und auf einmal war die Wachtelverkäuferin da. Sie hatte sie nicht sehen, ihr nicht zusehen wollen. Sie hatte sich nur zu spät losgerissen, ein altes Berufsrisiko. Man mußte aufpassen, aber manchmal vergaß sie sich.

Es war eine sportliche junge Frau mit transparenten Ärmelschonern von den schmalen Ellenbogen bis zu den blutigen Händen. Sie griff tief hinein in einen Karton mit zusammengestopften Vögeln, die sich kaum drehen konnten. Dann begann eine Gymnastik des Tötens. Sie machte die Wachteln flink zurecht. Ein Schnitt, und sie zog dem Tier das Gefieder wie einen Handschuh von dem kleinen Körper (sie sparte sich den Handgriff, ihm vorher das Genick zu brechen), ein zweiter, dritter, vierter, und schon flogen Schnabel, Beine, Därme auf den Boden. Und ein noch zuckendes Gewichtlein von Fleisch rutschte in ein Tütchen zu den anderen rosa Restvogelklümpchen, nach denen die Wartenden schon ungeduldig griffen. Wenn die Schlange der Kunden zu groß wurde, änderte die Wachtelverkäuferin die Technik, nahm mehrere Vögel auf einmal in die Hand (sie brachte es bis auf fünf) und rationalisierte: erst alle Schnäbel, dann alle Beine, alle Innereien. Der Vorgang blieb leicht, lautlos und rhythmisch.

Dahinter die Reihen der Erden. Erden und Sande, aufgeschüttete Hügel um Hügel in roten, grauen, schwarzen Farben. Sie wurden verkauft mit dem Maß eines Tontopfes. Fett, fein, körnig, rieselnd.

Sie sah den langen Tisch, auf dem die alten Medikamente angeboten wurden, Bärentatzen, ja, Pranken von Braunbären, neben den getrockneten, dunkleren Händen junger Affen. Chamäleons. Matt schimmernde Perlen, Perlenstaub. Getrocknete Seepferdchen, pulverisierter Ingwer in Schalen. Eingelegte Schlangen in niedrigen und hohen Gläsern.

Und am Boden, da wo die Zeile der Kalligraphen begann, hockten zwei geschlechtslose, zerknitterte Alte und zeigten die Frucht ihrer Gärten, gebündelte Litschizweige wie Korallen.

Hier also hatte sie ihr Handy verloren. Und zum ersten Mal fiel ihr ein, sich zu fragen, wer es wohl gefunden haben mochte. Wer hatte ihre Anrufe entgegengenommen? In welcher dampfenden Suppenküche, schweigend, mit einem hellen Kichern?

Auf der anderen Seite des Aquariums hatte ein Mann begonnen, an der Scheibe zu arbeiten. Es schien eine Art von Putzen zu sein, ein drückendes Wischen. Aber es waren andere Bewegungen als die, mit denen man Fenster reinigt. Kraft schien mit im Spiel zu sein. Sie sah genauer hinüber. Es ist der Typ mit der Aluminiumleiter, den ich gerade angegähnt habe, dachte sie. Sie sah, daß er von etwas heruntersteig (er wurde kleiner), seine Position um einen halben Meter nach rechts verlagerte und dann wieder hinaufstieg (nun wieder groß). Hinter einem gelben Schwarm von Fischen machte sie sein Gesicht aus. Und dann erschrak sie, als sie gewahr wurde, daß auch er sie ansah, und zwar so wie jemand, der einen anderen schon länger beobachtet hat.

IX DER RAUCHER

Inhaber eines der bedeutendsten Lehrstühle für Biochemie, unangegriffen von meinen Kollegen. Sie wagen es nicht. Und heimlich beuge ich mich über Fraktale. Das wissen sie nicht. Seltsame autodidaktische Affinität zu diesen sich selbst organisierenden Mustern, zu diesem Auswuchern zwischen notwendiger Freiheit und freier Notwendigkeit. Die Unendlichkeit sich selbst konstituierender Figuren, in sich symmetrisch und unvorhergesehen wandelbar. Führt in die Schönheit der Chaostheorie, nebenbei. Der Whisky ist gut. Man sollte öfter Whisky trinken. Aber wer hat denn Zeit dazu?

Internationales Renommee, fraglos. Und neben dem ganzen Verwaltungskram, den Evaluationen, den Studienplänen, neben der Forschung, dem Unterricht – das gab es ja auch noch – jahrelang Berater der pharmazeutischen Industrie. Drug-Design. Faszinierend, was da alles möglich sein könnte. Es gibt eben Stoffe, die braucht man zum Leben, und andere, die braucht man zur Verteidigung. Das sollte man sich merken. Sekundäre Metaboliten.

Ich habe nichts zu verlieren. Meine Nachfolge an der Universität ist so gut wie geregelt. In meinem Alter ist man nicht nur vernetzt. Man ist die Spinne. Wenn man gut ist.

Ein kleiner Personenstandswechsel also. Vielleicht ist das ja auch eine Chance. Man entdeckt neue Seiten an sich. Wer weiß, was wo alles bindet. Bioaktive Substanzen. Seit neuestem die Meerestiere. Ungeahntes Terrain. Was die alles können. Wir isolieren Moleküle mit exquisiten Wirkungsmechanismen. Phantastisch. Und dauernd werden neue entdeckt, das öffnet ungeahnte Dimensionen für den Medikamentenmarkt. Was lebende Organismen schon produziert haben, hat sich schließlich bewährt. Wenn es in der Natur funktioniert, können wir es nachbauen. Für die Schmerztherapie, die Krebstherapie. Wer sagt denn, daß die Tiefsee kein Thema ist. Die Ozeane sind so alt wie die Psychoanalyse. Von wegen keine Lebewesen, kein Licht. Unten ist unabsehbar viel los. Aber das führt zu weit. Wir sind zum Mond geflogen. Doch das Hadal, der Hades der Tiefsee, beginnt nach 6000 Metern. Und auf einer Tiefe von knapp 11000 Metern waren wir nur einmal. Wie hieß er denn noch? Nein, nicht Freud natürlich. Und viel später, in den 60ern, nein, genau 1960 war es, im Januar. Jedenfalls Sohn eines Ballonfahrers, ausgerechnet, na, wenn der Vater in der Luft war, mußte der Sohn ja was anderes machen. Er ließ sich also in einem Tauchboot (der Papa hatte es konstruiert, nach dem Prinzip des Ballons: ein großer Schwebekörper voller Benzin, und dann eine Stahlkugel – Platz für zwei Menschen – unten dran), ließ sich also tatsächlich in einem Tauchboot in den Marianengraben hinuntersinken, ein Himmelfahrtskommando, na, Himmel nicht gerade. Hochrisikobereich. Ein Weltrekord. Ungebrochen. Und vermutlich nicht brechbar. In solche Tiefen schickt man heute Roboter. Wenn überhaupt. Unten also sah er einen Plattfisch, eine Qualle und eine Garnele. Er sah, daß es in dieser Tiefe Leben gibt. Damit hatte niemand gerechnet.

Da habe ich meinem Cousin das alte Life-Magazin abgeschwatzt, ich weiß nicht mehr, was er wollte. Ich hätte ihm alles dafür gegeben. Ich mußte diese Geschichte haben. Warum fällt mir jetzt der Name nicht ein. Der tiefe Meeresboden, stand da, sei glatt und habe im Scheinwerferlicht die Farbe von Zimt. Von Zimt. An was man sich erinnert.

Meine Lunge. Jetzt spüre ich doch tatsächlich meine Lunge. Ich weiß, wie Lungenflügel aussehen. Ein doppelter Baum, ein filigranes, hochkomplexes, gespiegeltes Bild, eine wunderschöne Mandelbrotmenge, so gesehen. Der Rauch verzweigt sich in mir, und er brennt leise. Mein gut organisiertes Chaos. Man denkt ja sonst nicht an seine Lunge. Erst mit diesem Schmerz ist sie da. Leichtes, seltsames Ziehen, Brennen. Nicht besonders unangenehm. Marie. Und der Whisky. Wie weit das alles ist. Nein, ich bin nicht müde. Die Luft scheint sogar besser geworden zu sein. Wo sie jetzt wohl ist? Ich wüßte nicht, wo anrufen. Und ich würde nicht anrufen. Ich doch nicht. Sie vielleicht.

Immer solche Ideen. Das Knacken der Algen. Sie hat es mir gezeigt, mir, der ich schon damals mit Fraktalen beschäftigt war. Diese in sich stürzenden, sich stützenden Muster, diese Gebilde aus Mustern, aus immer denselben Mustern. Alles aus nichts als einem einzigen Glied. Nähe, immer nähere Nähe, herangezoomte Distanz. Verkleinert, vergrößert ein Mischen der Ebenen. Ein Gewächs aus gleichen Geometrien. Sie knackte. Sie knackte die Algen von den Steinen. Hörst du, sagte sie, wie es knackt. Ich hörte es.

Diese Landschaft bei tiefster Ebbe. Augustebbe. Es waren die Tage des Vollmonds. Komm, wir laufen nach England rüber, hat sie gerufen, so braun das Gesicht, wirr und verklebt die Haare, ihre offene Strickjacke, ihr Dekolleté, und dann ist sie durch die Siele gegangen, erst mit vorsichtigen Schritten, dann immer unbedachter, schneller, immer weiter. Bleib da, habe ich gerufen. So ein Unsinn. Bleib doch da. Aber sie ist weitergelaufen, mit den Turnschuhen durchs Wasser, daß es bis über die Knie spritzte. Schau die Algenpflücker, hat sie geschrieen, gegen den Wind, und dann stolperte sie ihnen entgegen. Und ich sah diese Leute am Horizont, Watende, die gebückt gingen und gelbe schwere Netze im Wasser nach sich zogen.

Und wie sie später zurückkam, besoffen von Salz und Meer, von diesem Wind. Und lachte und war naß bis zu den langen Oberschenkeln und hatte noch die Hosentaschen voller glitschiger Algen. Diese vorwitzigen, verzweigten, feuchten Bäumchen. Und es hat mir einen Stich gegeben, dieses sinnlose Glück hat mir auch einen Stich gegeben. Ich habe sie an mich gezogen, naß wie sie war, und geküßt. Und sie hat mich wiedergeküßt, aber ich habe gespürt, sie meinte nicht mich. Sie meinte auch keinen anderen. Oder sie meinte alle. Sie küßte, wie sie lachte, den Wind, das Meer. Ihre unsinnige Sicherheit, dazusein in diesem Sommer.

Vielleicht hätte ich mitlaufen sollen? Vielleicht wäre alles anders gekommen, wenn ich damals mitgelaufen wäre. Naß die Schuhe, die Knöchel, die Waden. Aber ich konnte es nicht. Was sollte ich denn knietief im Wasser und nach den flüchtenden Krebsen greifen? Und Algen abknacken. In dieser Hitze. Warum konnte ich es nicht? Weil ich die Hitze nicht vertrug. Weil ich eine Zeitung vorgezogen habe, im Schatten, einen kleinen Kaffee. Später habe ich ihr das Salz von den Handgelenken abgeleckt. Damals habe ich so was noch gemacht. (Wie ihre Großmutter aß sie Erdbeeren mit einer Prise Salz, auch Apfelschnitze. Salz, sagte sie immer, habe die Großmutter gesagt, sei ein Geschmacksverstärker. Aber man dürfe nur ganz wenig nehmen.)

Wirklich komisch, was einem so einfällt. Und schon wieder aus.

Immer solche Ideen. Der letzte Zug. Mein Gott, ist dieser Aschenbecher häßlich.

Jetzt hat sie es also tatsächlich fertiggebracht, eine 30jährige Ehe mit einer SMS zu beenden. Short Message Service. So war sie. Und ich bin allerdings so, daß ich das sofort begreife. Ich kenne sie. Sie kann radikal sein. Kurzer Brief zum langen Abschied. Von wegen, die Zeiten der Briefe sind vorbei. SMS, 160 Zeichen zum Festtarif. Ich habe es ja schon lange gewußt, nein, nicht gewußt. Es war dieses Wissen im Versteck, ha, ha: in der Tiefe, gewesen. Ein Verdacht im Hintergrund, ja, im Hinterhalt. Lauernd war es dagewesen, im eleganten Haus, im herrlichen Garten. Ein Schoßhündchen auch, das ihre Fesseln umspielte, in ihrer Armbeuge, in ihrer Jacke saß. Mit einer kleinen rosa Zunge. Und nun hatte es per SMS seine zwei funkelnden, schwefelgelben Augen gezeigt. Jetzt weiß ich es brennend.

Diese Frau dort. Saß diese Frau schon vorhin da? Ich habe sie nicht kommen sehen. Der weiße Webpelz hätte mir auffallen müssen. Sie raucht ja gar nicht richtig. Sie raucht wie ein Schulmädchen. Sie übt. Hohe Wangenknochen. Zartes Gesicht. Sie sitzt sehr aufrecht, wie auf dem Sprung, der kurze Rock, die Beine nebeneinandergestellt in Leggings mit Schlangenhautmuster. Wie auf dem Sprung. Wenn sie jetzt noch ein bißchen weiter vor auf die Sitzkante rutscht, fällt sie runter. Billige Schuhe. Sie könnte meine Tochter sein, meine Enkelin. Ich habe keine Tochter, keine Enkelin. Auch keinen Sohn, der in den Marianengraben taucht. Hätte mir ja auch gereicht, mit ihm Fußball zu spielen. Sie sieht nicht herüber. Ich hätte sie jetzt gerne von vorne gesehen. Ihre Augenbrauen.

Bordelle. Auch das war möglich. Aber ich war nicht begabt. Manchmal mußte man eben mit. Unter Männern. Man will nicht unhöflich sein mit den Kollegen, vor allem mit denen im Ausland. Vermutlich denken sie sonst noch, man sei schwul. Oder knausrig. Aber ich hatte vermieden, was zu vermeiden war. Nicht aus moralischen Gründen. Ich habe keinen Grund, mich besser zu machen, als ich bin. Aber es war mir schlicht unangenehm. Manchmal ein interessantes Gesicht, und gerne habe ich sehr viel Geld bezahlt, wenn ich mich nicht ausziehen mußte. Meine Haut. Meine Behaarung. Das war nicht mehr zumutbar, ich meine für eine fremde junge Frau. Und dann so ein bemühter Orgasmus, der hebt doch keine Peinlichkeit auf. Ich verstand das nicht, ich mochte es nicht, ich hatte gelernt mitzumachen, wenn es denn sein mußte. Ich wollte nicht unhöflich sein. Ja, ich kannte dieses teure Elend. Am Frühstückstisch dann das Gelächter. Die gediegenen Zoten bei Orangensaft und Speck. Männerrituale. Viel schlimmer, nicht zu vergleichen mit damals, das Onanieren, gemeinsam an der Lichtung hinterm Lagerfeuer.

Ich kann doch tatsächlich nicht so viel rauchen, wie ich will. Ich vertrage das nicht mehr. Jetzt huste ich auch noch. Vermutlich bin ich schon peinlich. Das Alter ist peinlich. Was denn sonst! Das ist ungerecht. Es sind dieselben Muster, das Brabbeln, das Sabbern, das Windeln. Nur werden wir nicht mehr geliebt. Niemand stillt uns.

Niemand sieht mich an. Das ist gut. Ich mache das ja nicht jeden Tag. Nein, ich habe Haltung, auch wenn man das jetzt nicht vermuten würde. Es ist schon egal. Dieser Raum ist ein Witz, ein ziemlich schlechter Witz. So fängt es an. Erst die Raucher, dann die Röchler. Wir werden absentiert. Ich gehe in kein Seniorenstift. Ich werde mich nicht einsperren lassen in ein Altenressort. Haus Abendfrieden. So weit kommt es noch! Ich werde ein würdiges Leben in Würde beenden. Eine erfolgreiche Existenz mit Erfolg abschließen. Nur wie? Der Teufel steckt im Detail.

Zu zweit wäre es einfacher gewesen.

Seltsam, wie leicht die Flasche schon ist. Wenn ich will, gibt es mehr. Warum ist sie jetzt gegangen? So spät erst. Wo sind die Zigaretten? Vielleicht, weil es spät ist.

X TOBIAS

Pferde werden auch gestriegelt, dachte Tobias, zog den filzbezogenen Quader vorsichtig mit Kraft nach unten und nahm dabei den Magneten im Innern des Beckens mit. Das Glas klärte sich einen Streifen lang. Der Gedanke, daß er sein Aquarium striegelte, gefiel ihm. Die Stahlwolle löste den dünnen Film der Algenablagerungen. Wenn er nicht achtgab und den Filzmagneten von der Scheibe löste, löste sich auch der korrespondierende Magnet im Aquarium. Da er mit einem Schwimmer versehen war, sank er nicht auf den Grund, sondern tauchte hoch an die Oberfläche. Aber es brauchte einiges an Geschick, um ihn dort wieder einzufangen. Im Notfall mußte er zurück in den Technikraum gehen, dort die Leiter zur Wasseroberfläche hochsteigen und den Magneten mit einem Stab gegen die Scheibe stoßen, wo er ihn von außen anziehen konnte. Falls der Magnet, bis er wieder draußen war, nicht in die Strömung geraten und weggeschwommen war. Sonst mußte er eben nochmals in den Technikraum und es erneut versuchen. Er war stark gewillt, sich heute diese Mühe zu ersparen. Er würde aufpassen.

Huhu, alberte eine Frau auf einmal neben ihm, huhu. Tobias sah kurz auf, ohne den Magneten zu bewegen. Sie trug einen beigefarbenen Kamelhaarmantel und einen dazu passenden beigefarbenen Turban, kompliziert geschlungen aus einem Schal von weicher Wolle. Um den Hals hatte sie locker ein rosa Tuch gelegt.

Nun das schon wieder. Tobias arbeitete weiter. Die Dame mit dem Turban hatte sich offensichtlich auf die blau-gelben Paletten-Doktorfische kapriziert, deren Seitenflossenschlag sie an ein Winken erinnerte. Tobias bewegte den Quader vorsichtig fort. Ja, jetzt winkte sie jubelnd zurück und freute sich, wenn sie sah, wie die Fische ihr mit ihren Gesten antworteten. Dachte sie. Er würde nichts sagen. Auch wenn er es gerne ganz laut gesagt hätte, ganz laut: Hören Sie, die Fische winken nicht, ehrlich, sie winken nicht, sie schwimmen nur so!

Warum aber auch. Sollte die alte Frau sich doch freuen. Jetzt hatte sie an diesem unwirtlichen Ort ein Winken gefunden, das ihr galt. Ihrem Mann schien diese warme Aufwallung peinlich zu sein. Sanft zog er sie am Revers beiseite, ein Herr im wetterfesten Reiseparka. Sie aber, unverdrossen, gluckste noch über die Schulter zurück, als verabrede sie sich diskret mit einem Liebhaber.

Für einen kurzen Moment roch Tobias Kölnisch Wasser. Wenn man sich konzentrierte und darauf trainierte, da war er sicher, würde man nicht nur Geschlechtszugehörigkeit riechen können, was ja leicht war, sondern auch verschiedene Alter. Hier am Glas kam er den Menschen nah. Es wäre interessant, dachte er, bis in welche Jahresgenauigkeit es die Riechpräzision schaffte.

Er putzte weiter. Der Algenfilm war frisch, er löste sich leicht. Tobias sah durchs Glas. Die junge Frau auf der anderen Seite wirkte ziemlich durcheinander. Nicht nur müde. Sie schloß die Augen, aber ohne sich zu entspannen. Dann riß sie die Augen wieder auf. Dann stierte sie. Sie stierte auch in die Fische, aber sie beobachtete sie nicht. Jetzt sah sie ihn an. Tobias sah weg. An der Leichtigkeit, mit der sich der Magnet weiterbewegen ließ, spürte er, daß er das korrespondierende Metall verloren hatte. Er fluchte leise. Schon war er auf der Aluminiumleiter und bewegte den Filzmagneten in Kreisen die Scheibe entlang. Er hatte noch einmal Glück gehabt. Der Magnet im Wasser haftete wieder an dem seinen in der Hand. Ich muß aufpassen, dachte er.

XI ELIS, TOBIAS

Sie war aufgestanden und zu den Toiletten gegangen. Sie mußte eigentlich nicht pinkeln, aber sie wollte sich bewegen. Toiletten waren immer ein Grund. Teilnahmslos hatte sie sich in der Flucht von Spiegeln über den Waschbecken angesehen (ja, vermutlich sah sie so aus), hatte sich die Hände, das Gesicht mit warmem Wasser gewaschen. Dann war sie, weil sie einen kleinen Umweg machen wollte, mehr zufällig an dem Café neben dem Aquarium vorbeigekommen und hatte sich noch eine Flasche Wasser gekauft, dazu zwei Müsliriegel, mehr aus Vernunft denn aus Hunger. Wenn man in dieser Flughafenluft zu essen vergaß, wurde einem leicht schlecht. Sie kaute umständlich, wie ein Kind kaut, das nicht essen mag. Sie schlenderte an das Aquarium zurück. Der Mann putzte noch immer. Sie blieb stehen.

Mittlerweile war er an der Außenseite bei den Plastikstühlen angekommen. Sie verstand das Prinzip nicht. Was genau machte er? Ganz langsam näherte sie sich ihm von hinten. Warum übte er Druck aus? Sein Rücken war breit. Vermutlich muskulös. War er Sportler? Er trug ein taubenblaues, hell kariertes Flanellhemd, dessen Ärmel weit geschnitten waren. Es steckte in einer ausgewaschenen Jeans. Sie sah seine knochigen Hüften. Sie ging ein wenig zur

Seite. Sie sah, wie seine rechte Hand mit einem filzbezogenen Quader über das Glas fuhr. Aber eben irgendwie mit Kraft. Sie ging näher heran. Jetzt sah sie einen zweiten Quader im Wasser. Sie sah die Stahlwolle. Er putzte also gar nicht außen, dachte sie. Er putzte von außen die Scheibe innen. Und das machte er mit einem Magneten, natürlich. Wie sonst!

Sie hatte nicht bemerkt, daß sie mit ihrem Gesicht an das Handgelenk des putzenden Mannes gekommen war. Fast hätte sie ihn berührt. Er drehte sich kurz um.

Oh, Entschuldigung, sagte sie. (Der Klassiker, dachte sie, der Klassiker!)

Vorsicht, der Magnet, sagte er. Sie kommen dem Magnet zu nah.

Ah, sagte sie. Welcher Magnet?

Ja hier, sagte er. Die Algen. Wenn der Film zu dicht wird, kann man nicht mehr gut ins Aquarium sehen.

Sie war etwas zurückgetreten. Er hat eine gute Stimme, dachte sie.

Ja klar, sagte sie schnell, die Algen. Das ist sicher ein Problem im Aquarium. Und mit einem Magneten geht das?

Ja, sagte er. (Das darf doch nicht wahr sein, dachte er. Jetzt fängt sie tatsächlich an zu reden.)

Sie nickte. Sie schien ertappt. In ihrer Neugierde ertappt. Fadenfühler, dachte sie. Ich habe meine Reporterfaden fühler ausgefahren. Es gab aber keinen Grund, daß sie diesen Mann hier ansprach. Sie mußte das Aquarium nicht photographieren. Sie hatte hier keinen Job zu erledigen.

Ich habe ihn auch nicht angesprochen, dachte sie. Aber fast angerempelt, widersprach sie sich. Er ging sie nichts an.

Aber etwas interessierte sie.

Und als ob es ihre Harmlosigkeit bestätigen könnte, biß sie nun betont locker von dem Müsliriegel ab. Sie kaute ostentativ. Sie räusperte sich. Schweigen war jetzt auffälliger, als irgend etwas zu sagen.

Sie arbeiten hier? (Mein Gott, wie plump!)

Tobias schwieg. Der Moment war heikel. Er kannte diese Situationen. Nun kam es darauf an. Wenn er zu schnell antwortete, konnte das lange dauern mit dem Reden. Er war verpflichtet, er stand im Faltblatt. Es gehörte zu seinen Aufgaben. Aber er konnte es hinauszögern, vielleicht abschwächen. Niemand konnte erwarten, daß er freudig lossprudelte. Niemand konnte erwarten, daß er sofort verstand. Sie schien noch unentschlossen in ihrem Interesse. Sie kaute. Das Aquarium als Pausenfüller. Sie sollte sich hinsetzen und in einer Zeitschrift lesen, während sie ihr Vespere aß. Jetzt könnte sie sich noch leicht umdrehen, sie könnte weitergehen zu den Sitzen. Sie soll doch weitergehen.

Ich habe noch nie ein Aquarium in einem Flughafen gesehen, sagte sie. Das ist doch ein Wahnsinn.

Tobias sah sie an. Sie war kleiner, als er erwartet hatte. Sie war blaß. Eine zierliche, blasse junge Frau mit Rändern unter den Augen. Braune Augen. Sie hatte aufgehört zu kauen. Sie sah auf das Glas.

Vorsicht! Der Magnet!

Tobias drückte den Filzquader sofort wieder an die Scheibe. Instinktiv hatte er die Leiter mit dem Fuß herangezogen. Er sprang hinauf und versuchte, den Magnetkontakt wiederherzustellen. Aber es war zu spät.

Jetzt ist es passiert.

Was ist passiert?

Ach nichts. Die Magnete, sie haben den Kontakt verloren. Das kommt vor. Sehen Sie, da schwimmt er davon. Das ist nicht schlimm. Ich muß ihn eben holen gehen.

Er sprang die Stufen herunter.

Kann ich helfen?

Er drehte sich um. Da stand sie nun lachend vor ihm und sagte, sie helfe gern. Es interessiere sie. Dieses Aquarium interessiere sie. Noch nie habe sie so ein Aquarium gesehen. Er nickte stumm.

Integration der Besucher, dachte er. Identifikationsstiftende Integration. Er wußte, daß immer wieder Flughafenbefragungen durchgeführt wurden, deren Ergebnisse keiner brauchte. Die Befragung war das Ziel. Es ging allein darum, den Reisenden das Gefühl zu geben, man kümmere sich um ihre Meinung. Damen in blauen Kostümen gingen herum und führten sensible Gespräche, sie trugen die Antworten nach Ziffern in ein Raster ein. Finden Sie die Toiletten sehr sauber, sauber, akzeptabel, schmutzig, sehr schmutzig? Jeder vernünftige Mensch sah, in welchem Zustand die Toiletten waren. Die Toiletten waren in Ordnung. Aber darum ging es nicht. Es ging darum, die Reisenden glauben zu machen, dies sei ihr Flughafen, sie könnten ihn mitgestalten. Sie sollten sich hier wohl fühlen, sich entspannen. Sie sollten keine Angst haben. Das war der Punkt.

Denn Angst in einem Flughafen war gefährlich. Das Angstpotential der Passagiere war ein unnötig hoher Risikofaktor. Man könnte, dachte Tobias, den Reisenden bei den Sicherheitskontrollen Sedativa geben. Milde Getränke in schönen Gläsern, ein wenig Müdigkeit zur Begrüßung. Das würde wenig kosten und manches vereinfachen.

Bis dahin also Fisch und Fiktion, bunte Pädagogik. Aber immerhin machte das seinen Arbeitsplatz sicher. Und es war ja ganz leicht.

Dann sollte sie ihm doch helfen. Was heißt helfen? Ihr war langweilig, und er beschäftigte sie eben ein wenig.

Ja, danke, sagte er. Halten Sie doch den Filzmagneten, sagte er. Ich gehe in den Technikraum. Wenn Sie den anderen Magneten sehen, wie er an die Scheibe schwimmt, kommen Sie ihm entgegen. Nehmen Sie die Leiter, sonst reichen Sie nicht bis hoch.

Und natürlich stieg sie die Stufen hinauf, drückte den Quader mit dem Filz ans Glas und wartete. Er suchte nach dem Schlüssel, er öffnete die weiße Tür.

Sie blinzelte in das blaue Licht. Fische kamen auf ihr Gesicht zugeschwommen und kehrten wieder ab. Andere zogen parallel an ihren Augen vorbei. Sie sind schön, dachte sie. Sie sind still und schön. Dann sah sie ein torkelndes schwimmendes Holz. Das war der Magnet. Sie fuhr auf ihn zu, sie schob ihren Quader hin und her. Und schon hatte sie ihn. Jetzt nicht loslassen, dachte sie. Jetzt gleichmäßig am Glas herunterfahren. Sie spürte den Widerstand. Sie zog.

Sie hielt fest, ging die Stufen hinunter. Zog nach. Sie sah die hellere Spur, die sie auf dem Glas zurückließ. Algenfrei. Sie sah sich um. Niemand schien zu bemerken, was sie tat. Dann lachte sie dem Mann entgegen, der nun von der Seite des Aquariums auf sie zukam. Er ging sehr aufrecht. Und auf einmal fand sie, daß er aussah wie einer, der etwas vorhatte, wie ein Mann mit einer Idee.

Tobias Winter bedankte sich kurz und übernahm den Magneten aus ihrer Hand. Schon hatte er begonnen, ihn weiter über das Glas zu ziehen.

Wenn ich jetzt nichts sage, dachte sie, ist es vorbei. Aber was sollte denn vorbei sein, wo nichts angefangen hatte.

Sie arbeiten schon lange hier?

Ja, schon. Ich habe das Aquarium eingefahren.

Eingefahren?

Vor etwa sieben Jahren. Es sind jetzt fast sieben Jahre, daß wir mit dem Aquarium angefangen haben. Und Sie brauchen ja Monate, bis Sie so ein Aquarium halbwegs stabil haben.

Stabil?

Ja. Sie können da nicht gleich Fische ins Salzwasser setzen. Das kippt.

Sie nickte, auch wenn sie nicht verstand, was er meinte.

Elisabeth, übrigens, sagte sie nun schnell. Ich heiße Elisabeth, meine Freunde nennen mich Elis. Elis, wie die Provinz in Griechenland, auf der Peloponnes.

Tobias Winter, sagte er, Aquarist.

Wissen Sie, ich habe auch einmal in Griechenland gelebt. Aber nicht in Elis. Nur in Athen. Kennen Sie Athen? Ich meine, das Meer dort, kennen Sie Piräus, die Küsten des Saronischen Golfs?

Er sah nicht auf, schüttelte nur kurz den Kopf und schob den Quader weiter. Er wußte, daß sie ihn nicht verstanden hatte. Sie hatte keine Ahnung von einem Riffaquarium. Sie sollte weitergehen.

Aquarist, sagte sie nun, als er schwieg, Aquarist hier in diesem großen Flughafen, und mit so einem Aquarium, das ist doch ein unglaublicher Beruf.

Ungefähr so hatte es begonnen. Tobias Winter hätte später nicht mehr sagen können, wie es genau war, aber irgendwie hatte sie immer weitergefragt, und er hatte geantwortet. Und dann hatte sie erzählt. Und er hatte wieder geantwortet. Jedenfalls hatte er geantwortet, so gut es ging. Was hätte er denn sonst tun sollen?

XII TOBIAS, ELIS

Nein, das ist keine Koralle, sagte er. Das ist eine Anemone. Anemonen sind Hohltiere, die keine Kolonien bilden. Im Gegensatz zu Korallen, Korallen bilden Kolonien. Und wenn Korallen ein Kalkskelett haben – was nicht alle haben, denn es gibt auch Weichkorallen oder Hornkorallen –, dann sind das riffbildende Korallen. Anemonen bilden keine Riffe. Und sie leben als einzelne. Im Unterschied zu den Korallen, die festsitzen, bewegen sich Anemonen fort. Auf ihrer fleischigen Fußscheibe, sehen Sie, die sich festsaugt am Riff, am Glas.

Sie nickte und sah in die fließenden, feingliedrigen Ärmchen, in die Wellen von Haut, in diese Fülle der Weichheit in weichen Farben.

Er sprach, und sie verstand die Worte, die er sagte. Aber sie sah es nicht. Sie sah alles schwimmen, flüssige Wiesen. Sie konnte nicht unterscheiden.

Anemone?

Nein, Koralle.

Diese Teppichanemone zum Beispiel – jetzt zeigte er zu dem weiten, schalenförmig geöffneten Blumentier, das übersät war mit winzigen, türkisfarbenen Punkten – diese

Teppichanemone sitzt einmal da, einmal dort. Sie wandert. Korallen aber sind immer an ihrem Platz.

Sie nickte.

Anemonen leben von tierischer Nahrung. Es gibt Anemonen, die nur sehr feingliedriges Plankton fressen, andere wieder haben starke Nesselzellen und machen auch große Beute.

Was für Zellen?

Nesselzellen an ihren Tentakeln, sehen Sie, diese Beinchen oder Finger, das, was sich so mit der Strömung bewegt, als fließe es. Und da sitzen oben an den Spitzen kleine Nesselzellen, aus denen die Anemone winzige Giftkapseln schießen kann, wie Pfeile.

Das sieht man nicht.

Nein, das sehen Sie nicht. Aber das Gift betäubt die Beute, und die Beute, das kann dann auch ein großer Fisch sein. Die Anemone zieht also den betäubten Fisch mit ihren Tentakeln in ihre Mundöffnung. Was sie nicht verdaut, spuckt sie wieder aus.

Gruselig.

Er zuckte mit den Schultern.

Sie sah den Aquaristen von der Seite an, der mit seinem Magnetquader weiterarbeitete. Nein, sie wollte nicht zimperlich sein.

Sie haben recht, sagte sie, wir essen auch Tiere. Wir essen sogar lebende Tiere. Wir essen Austern. Essen Sie Austern?

Er gab keine Antwort.

In China, waren Sie einmal in China?

Sie wartete seine Antwort nicht ab, was ihm nur recht war.

In China gibt es die Drei-Schreie-Speise.

Er putzte ungerührt weiter.

Da steht eine Schachtel mit frisch geborenen, noch blinden Mäusen auf dem Tisch. Man greift mit den Stäbchen hinein, nimmt eine Maus heraus und zieht sie dann mit den Stäbchen drei Mal durch eine offene Flamme. Deshalb Drei-Schreie-Speise.

Wollte sie ihn provozieren?

Man ißt auch Affen. Als Vorspeise das Gehirn eines Affen. Der sitzt lebendig in einem Käfig auf dem Tisch und reißt die Augen auf. Man schlägt ihm bei vollem Bewußtsein mit einem Hämmerchen auf den Kopf, bis die Schädeldecke springt und man das Gehirn auslöffeln kann. Man sagt, das Hirn schmecke besser, wenn der Affe vor seinem Tod noch Angst hatte.

Es würde ihr nicht gelingen. Sie schwieg. Sie wollte ihn auch nicht erschrecken. Sie hatte keine Probleme, Geschichten zu finden, aber sie fand gerade den Ton nicht.

Vielleicht sollten wir nur Tiere essen, die uns in freier Wildbahn auch essen würden. Wäre das fair? Ich meine Wölfe, Bären, Haie? Was meinen Sie, wäre das ein guter Gedanke?

Er schob den Magneten weiter über das Glas. Immer wieder kamen Fische, von der Bewegung angezogen, heran und prüften mit ihren Mündern, ob sie etwas verpaßten. Sie sind ganz zahm, dachte sie, sie reagieren auf ihn. Es ist wie ein Spiel.

Er schwieg, dann sagte er:

In der Antike wurden Muränen gezüchtet, in eigenen Bassins, weil ihr Fleisch als aromatisch empfunden wurde.

So.

Man hat sie vorzugsweise mit dem Fleisch von Sklaven gefüttert.

Das ist nicht wahr.

Man hat die Muränen vorzugsweise mit Sklaven gefüttert, weil sie dann angeblich besser schmeckten.

Sie erfinden.

Ich erfinde nicht. Ich bin Aquarist.

Er rückte die Leiter ein Stück weiter und begann wieder von oben mit seinen Reinigungsstreifen:

Eine Muräne haben wir hier auch.

Sie war ein wenig zurückgeblieben, ging an der Scheibe entlang, bückte sich, fixierte etwas und kam wieder zu ihm. Sie fuhr mit den Fingerspitzen über das Glas. (Nun gut, dachte er, ich putze gerade von innen. Die Glasreinigung von außen mache ich morgen. Das war im Vergleich ja kein großer Aufwand.)

Wo haben Sie die Muräne?

Die Muräne ist nachtaktiv und gerade vermutlich nicht zu sehen. Sie sitzt in einer Höhle. Weil wir keine Nacht haben, haben wir Höhlen. Denn wie sollen sich nachtaktive Tiere in Kunstlicht orientieren? Seit neuestem wird nachts das Licht ein bißchen heruntergedimmt. Aber von Nacht kann keine Rede sein.

Sie nickte und ging wieder an der Scheibe entlang, als müßte sich die Muräne ihr doch zeigen.

Aber schauen Sie, dieser orangene Fisch mit den weißen Streifen? Sehen Sie, daß er regelrecht in die Anemone eintaucht. Daß er in ihr badet. Daß er sich wohlfühlt.

Sie kam wieder zurück und suchte, was er ihr zeigte.

Ja.

Und sehen Sie, daß sie ihn nicht frißt.

Ja.

Und das wundert Sie nicht? Nach allem, was ich Ihnen gesagt habe? Die Giftpfeile, die Betäubung?

Sie schwieg. Sie stand nun wieder sehr nah neben ihm am Glas. Sie hatte es gern, wie er sprach. Sie hätte ihm über jedes Thema zugehört. Sie empfand es als eine Großzügigkeit, daß er ihr etwas erklärte, etwas, das ihm wichtig schien. Sie waren doch Fremde.

Und jetzt nahm er sie mit in seine Unterwasserwelt. Leuchtende Riesenmuscheln, pumpende Xenien, Gorgonien, blaue Seesterne und dieses verrückte Mobile vielfarbiger Fische. Sie haben schöne Augen, dachte sie. Augen, die nach allen Seiten sehen können. Manche lächeln, manche winken, manche schweben. Dieser Rochen da, flog er nicht vorbei? Es war die Flossenbewegung von großen Schwingen. Sie sah in die ferne Anmut hinter der dicken Scheibe. Und dann erschrak sie, als sie spürte, daß sie mit ihrer Schulter an seinem Unterarm lehnte, den er am Glas aufstützte. Sein Flanellhemd, dachte sie, und rückte ab und hoffte, daß er ihre Nähe nicht bemerkt hatte. Sie trat noch einen Schritt zur Seite. Er aber sprach schon weiter über Tentakeln und Nesselzellen. Sie nahm seine Stimme wahr, ohne ihm zuzuhören. Und dann begann sie nur deshalb wieder zu sprechen, damit sie nicht weiter auffällig schwieg.

Sie stoßen nicht an, sagte sie.

Wie?

Die Fische stoßen nicht an. Sie stoßen nie ans Glas. Sie schwimmen auf das Glas zu und dann wenden sie. Warum stoßen sie nicht an? Sie können das Glas doch nicht sehen?

Sie sehen schon etwas. Aber vor allem haben sie Seitenlinien. Da dieser feine Strich am Rumpf, da, und da auch. Das ist die Seitenlinie, ein besonderes Organ, das ihnen den Widerstand eines anderen Körpers meldet. Es gibt keine Zusammenstöße von Fischen. Was ja doch erstaunlich ist, wenn Sie sich so einen Schwarm in Bewegung ansehen, dem ja auch mal ein anderer Schwarm entgegenkommen kann.

Nun lachten sie beide und sie nickte, und unwillkürlich fuhr sie sich mit der Hand über Hüfte und Oberschenkel. Eine Seitenlinie. Vielleicht bin ich nur müde, vielleicht habe ich zu viele Bilder gesehen. Und auf einmal wollte sie nur noch schlafen. Das Wort »Mobiles Subjekt« tauchte auf. Sie hatte es vor kurzem gelesen. Ich bin ein »mobiles Subjekt«, dachte sie. Ein müdes mobiles Subjekt ohne Seitenlinie. In ihrem Kopf gingen nun die Wörter durcheinander, als wären sie Splitter in einem Spiel zum Durchgucken für Kinder. Sie bildeten Sekundenmuster, denen nichts entsprach. Sie waren bunt und bunt und bunt. Wasser, dachte sie, wo ist meine Wasserflasche. Sie schraubte den Plastikverschluß ab.

Soziologen hatten Namen für die verschiedenen Formen neuer Flexibilität. Sie hatte das gelesen. Und sie unterschieden die Gattung der »mobilen Subjekte« noch weiter. So gab es etwa die »Umzugsmobilen«, Personengruppen, die bereit waren, wegen ihres Berufs ständig umzuziehen, und es gab die »Varimobilen«, das waren Menschen mit Berufen, bei denen man dauernd reisen mußte. Und dann gab es noch Schnittmengen, etwa die LATs, das meinte »Living Apart Together«, also berufstätige Paare, die zusammen waren, ohne zusammen leben zu können. Aber sie war nicht einmal ein LAT. Sie war nur ein varimobiler Single ohne Seitenlinie.

Er heißt auch Anemonenfisch, sagte der Aquarist.

Ich kannte einmal einen Piloten, sagte sie. Sie erschrak und schraubte die Wasserflasche wieder zu.

Er sah sie an. Was für große Augen sie hatte. Braun aufgerissen wie für eine Überraschung. Und dann sagte er, dieser Fisch heißt auch Anemonenfisch, weil er eben in einer Symbiose mit seiner Anemone lebt.

Symbiose, sagte sie. Und er meinte einen leicht spöttischen Unterton zu hören. Er war nicht bereit, sich beirren zu lassen. Jetzt sollte sie zuhören.

Passen Sie auf. Es gibt verschiedene Erklärungen, warum das möglich ist. Alle laufen mehr oder minder auf eine Theorie hinaus. Man nimmt an, daß sich der Anemonenfisch entweder nach und nach, durch immer wieder vorsichtige Berührungen, immunisiert, daß er sich also mit der Zeit an das giftige Nesseln gewöhnt, oder daß er sich eine Schutzschicht, einen Film anlegt. Denn die Anemone produziert neben dem Gift auch einen Schutzfilm. Gut möglich, daß sie ihm mit der Zeit davon abgibt. Vermutlich spielt beides zusammen, das Immunisieren und der schützende Schleim. Sicher ist jedenfalls, daß so ein Anemonenfisch immer nur an eine einzige Anemone gebunden bleibt.

Der Anemonenfisch ist monogam.

Was heißt monogam? Das kann man so ja nicht sagen. Die Anemone ist ja nicht sein Geschlechtspartner. Die Anemone ist, ja, die Anemone ist …

Kein Geschlechtspartner.

Nein, die Anemone ist ein Freund.

Ein Freund?

Ja, seine Lebensgemeinschaft. Seine Existenzbasis. Seine Heimat.

Sein Zuhause?

Jedenfalls legt er seine Eier an ihrem Fuß ab. Der Fisch samt seiner Nachkommenschaft lebt ganz im Schutz der Anemone. Aber der Fisch ist auch für das Blumentier da. Er putzt die Anemone, bringt ihr Futter vorbei. Und wenn sie ihn mit ihren Tentakeln schützt, so ist er wiederum ihr Wächter. Denn es gibt räuberische Fische, die resistent sind gegen ihr Nesselgift.

Und dann?

Dann hat dieser räuberische Anemonenfresser kaum eine Chance. Kommt er auf sie zugeschwommen, ist schon der Anemonenfisch zur Stelle und vertreibt ihn mit seinen Schockfarben und unter Einsatz seines Lebens.

Sie sah dem tänzelnden Fisch zu. Es schien ihr unwahrscheinlich, daß zwei so unterschiedliche Wesen sich vertragen konnten. Wer entschied sich für wen? Sie könnte ihn fressen. Warum fraß sie ihn nicht? Warum duldete sie seine Immunisierung?

Eine fleischfressende Blume und ein Fisch, eine komische Symbiose.

Die Anemone ist keine Blume. Ein Blumentier, wie ich sagte. Gattungsmäßig aber unbedingt ein Tier.

Aber kein Fisch.

Kein Fisch. Ein Nesseltier. Gehört zu den Wirbellosen, wie die Muscheln, die Schnecken.

Wie die Seepferdchen.

Nein, ein Seepferdchen ist ein Fisch.

Ein Fisch. Und hat einen Kopf wie ein Pferdchen. Und hängt sich in die Algen wie eine Blume. Seepferdchen leben nicht in Anemonen?

Nein, nein. Sie leben im Schutz von Algen, Algenwiesen, strömungsarm. Haben Sie die Seepferdchen im Aquarium gesehen? Da hinten am Felsen?

Aber als sie nun zu den Seepferdchen gehen wollte, kam ein zweiter Anemonenfisch und umschwamm mit dem ersten das wogende Blumentier wie einen Teich.

Sehen Sie?

Der Aquarist sprach weiter für sie und putzte, er sprach im Putzen gegen die Scheibe, die Streifen um Streifen klarer wurde:

Im langen Zeitraum der Evolution haben zwei Spezies ein System füreinander entwickelt. Zu zweit sind sie einfach sicherer. Sie überleben leichter. Und im Schutz der Symbiose mit der Anemone lebt der Anemonenfisch zusammen mit einem Partner. Ein Männchen lebt mit einer Frau, bei manchen Arten lebt auch ein ganzes Rudel von Männern mit einer Frau.

Dann sind die Männer monogam und die Frauen nicht.

Stirbt die Frau, die bei diesen Fischen immer das größere Tier ist, da sie ja all die Eier tragen muß, vollzieht eines der Männchen, meist das größte, das stärkste, eine Geschlechtsumwandlung. Und wird zur neuen Frau.

Das geht nicht.

Das geht, und wenn es sein muß, innerhalb von Stunden. Geschlechtsumwandlungen sind ziemlich üblich bei Fischen.

Er schob die Leiter weiter. Er stieg hinauf und streckte sich mit dem Magneten zur Oberkante des Glases; putzend beugte er sich wieder nach unten. Dann stieg er die Sprossen hinab und fuhr mit dem Magneten über den unteren Teil der Scheibe. Er schob die Leiter weiter. Sie blieb dicht bei ihm.

Das dauert länger, dachte er. Irgend etwas will sie. Das Aquarium interessiert sie. Aber da ist noch etwas anderes. Er notierte es als Abweichung. Aber als Müde war sie interessant. Sie war müde, das sah er, sie war bis zur Erschöpfung müde. Ein Extremfall von Müdigkeit. Und dabei überwach.

Der männliche Anemonenfisch ist ein sorgfältiger Vater, ja, er ist eine Mutter. Er ist es, der das Nest am Fuß der

Anemone bereitet, den Laich vor Freßfeinden schützt und mit seiner Flosse befächelt.

Es gibt Männer, die wollen keine Kinder, sagte sie. Sie wollen die Verantwortung nicht. Und, das ist ja vielleicht auch verständlich, je nach Beruf. Ein Pilot, zum Beispiel, der ist ja immer fort. Im Luftraum. Das heißt jetzt »varimobil«.

Wie?

Er ist ständig unterwegs. Was soll so jemand mit einer Familie? Mit einem Kind? Und in den Ferien verreist er natürlich nicht. Denn für ihn ist Reisen Arbeit. Verantwortung ist Arbeit. Ein Pilot darf sich nicht täuschen. Wenn ich ein schlechtes Photo mache, ist es ein schlechtes Bild. Wenn ich eine Situation verpasse, ist es kein Bild. Das ist auch eine Freiheit, Fehler machen zu dürfen. Man vergißt das leicht. Man nimmt es als selbstverständlich hin. Wenn aber ein Pilot den Wind unterschätzt, eine versteckte Gewitterfront, die das Radarecho nicht anzeigt, oder die Landebahn bei einem Sichtanflug. So viele Leben. In Saloniki etwa, wissen Sie, er mochte den Sichtanflug auf Saloniki, direkt am Meer, aber da muß man schon wissen, wo die Berge sind. Und ein Pilot sieht die Räder ja nicht. Er braucht Gespür, Instinkt vielleicht dafür, wo die Räder sind. Und im Idealfall setzt er 300 Meter nach Beginn der Landebahn auf.

Sie photographieren?

Es war die erste persönliche Frage, die er ihr stellte. Sie sah ihn an. Er arbeitete konzentriert weiter.

Reisereportagen, Sozialreportagen. Manchmal Werbung.

Sie haben die Fische nicht photographiert.

Nein.

Wir haben das Problem mit den Kindern auch am Aquarium. Die stürmen los und klopfen an die Scheiben und rufen. Sie wollen, daß die Fische auf sie reagieren. Nur das Anschauen, das Beobachten reicht ihnen nicht. Aber ein Fisch ist kein Meerschwein. Ich meine, das sind Tiere, die sie eben nicht in den Arm nehmen und streicheln können.

Er konnte schöne Sachen sagen. Wissen Sie. Er wußte viel. Und manchmal konnte er schöne Sachen sagen.

Er schwieg.

Könnten Sie einmal halten?

Wie?

Könnten Sie noch einmal kurz den Magneten halten?

Er drückte ihr den Quader in die Hand und nahm ein wenig Abstand von der Scheibe, als wolle er sie nach verbleibenden Schlieren prüfen. Er kam zurück.

Wußten Sie, daß die Prophetin Sibylle in einem Aquarium lebte? Es war vermutlich nur ein sehr kleines Aquarium, eine Flasche.

Männer, wissen Sie, dieser Pilot sagte einmal, Männer sind seelisch gegenüber Frauen überhaupt nicht satisfaktionsfähig. Das ist doch ein interessanter Satz, auch wenn er nicht stimmt. Auch wenn er ungerecht ist. Vermutlich schon zynisch. Finden Sie nicht auch, daß das ein wenig zynisch klingt? Nicht satisfaktionsfähig, das heißt doch, Männer können Frauen nicht antworten. Sie stehen als Mann in keiner Verantwortung.

Tobias Winter wußte nicht genau, was diese Reisende ihm sagen wollte, aber er wußte, was seine Aufgabe war. Er wollte höflich bleiben. Und er würde höflich bleiben. Er war der Aquarist.

Satisfaktionsfähig, ja sicher, sagte er, es kann immer leicht zum Kampf kommen. Wissen Sie, warum der Doktorfisch Doktorfisch heißt?

(Sie wußte es nicht, er wußte, daß sie es nicht wußte.)

Schauen Sie, da hinten an der Schwanzflosse. Sie sehen doch diesen kleinen weißen Strich? Das ist ein eingezogener Dorn, ein Messer, ein Skalpell, wenn Sie wollen. Und deshalb heißt der Fisch Doktorfisch. Wegen des Skalpells. Alle Fische dieser Art heißen so. Egal wie groß sie sind oder welche Farbe sie haben. Und dieser harmlos aussehende Fisch kann sehr schnell sehr viel größere Tiere verletzen, ja, im Vorbeischwimmen wie nebenbei aufschlitzen. Er fährt einfach seine scharfen Skalpelle aus. Wenn Sie also rechts und links der Schwanzflosse einen unauffälligen weißen Strich sehen, wissen Sie, mit wem Sie es zu tun haben.

Er hatte weitergearbeitet.

Und immer wieder geschwiegen. Aber sie war einfach bei ihm stehengeblieben, war mit ihm mitgegangen und hatte zugesehen. Er hatte die Namen von Fischen gesagt. Manchmal hatte sie den Magneten gehalten. Sie hatte die Blumentierchen in ihrem Schweifen beobachtet und immer noch nicht sicher sagen können, was eine Koralle, was eine Anemone war, aber das war auch nicht wichtig. Einzelne Elemente in diesem wuchernden und sich überwachsenden Kosmos kannte sie nun mit Namen.

Langsam buchstabierte sie das Fließen: die in stacheligen Schälchen wogende Krustenanemone, die weiße Blasenkoralle, die hellblau bestirnte Lederkoralle. Und wenn er länger schwieg, versuchte sie, ihn zum Sprechen zu bringen.

Was meinten Sie vorhin mit den elektromagnetischen Wellen?

Die Rochen, sagt er, die Rochen spüren uns.

Wieso spüren sie uns? Sie schwimmen im Wasser, und wir stehen hinter Glas davor.

Sie spüren unser Herz. Das Herz ist ein reiner Muskel.

Was ist das Herz?

Ein reiner Muskel. Es schlägt, und die Rochen spüren das. Sie registrieren die elektromagnetischen Wellen.

Sie spüren unseren Herzschlag hinter der Scheibe?

Natürlich. Passen Sie auf.

Er drückte ihr wieder den Magneten in die Hand, den sie mittlerweile ganz selbstverständlich nahm, und begann nun, mit der Hand über die Scheibe zu reiben.

Was tun Sie?

Warten Sie. Ein bißchen braucht es schon Geduld.

Und tatsächlich kam nun ein Rochen angeschwommen, schwamm vor der Hand hin und her, warf sich dann auf, so daß seine weiße Bauchhaut zu sehen war, sein lächelnder Mund, und drehte wieder weg.

Sie lachte.

Und sie spüren unser Herz?

Na, wenn es doch schlägt.

Er nahm ihr den Magneten wieder ab.

Die Rochen sind neugierig; sie leben mit uns. Das Glas

ist ihre zweite Grenze, das andere Land. Sie sehen hier in diesem Aquarium ja nicht einfach einen Ausschnitt aus einem Ozean. Sie sehen den Ausschnitt eines Riffs. Das ist ein großer Unterschied. Wasser ist nicht Wasser. Und das Riff ist nicht das offene Meer; im Ozean ist das Riff ein besonderer Ort. Ein Atlantis der Klippen, wenn Sie wollen. Hier gibt es Höhlen und Algenwiesen, hier leben die Seeigel, zwischen deren Stacheln die Jungfische aufwachsen können. Viele Fische kommen zum Laichen eigens ans Riff. Andere leben hier, weil sie keine Raubfische sind, die jagen, sondern Aufwuchsfresser; sie fressen, sie grasen die Steine ab. Sehen Sie die Doktorfische, wie sie herumpikken. Und in den Ozeanen ist das Riff auch eine Putzstation. Fische kommen hierher zur Körperpflege.

Zum Waschen? Na, die sind doch immer unter Wasser.

Sie schwimmen das Riff an und sperren ihr Maul auf. Dann kommen kleine Putzerfische, schwimmen ihnen ins Maul hinein und beginnen, zwischen den Zähnen alles abzufressen, was da nicht hingehört. Futterreste, Algen, Ablagerungen. Nach einer Weile wird der Raubfisch das Maul schließen und seinen Kopf schütteln. Das ist das Zeichen, daß er jetzt genug hat. Er macht das Maul wieder auf und sofort schwimmen die Putzerfische heraus und davon.

Das klingt wie eine Geschichte aus dem Kinderfernsehen. So ein Raubfisch hat einen kleinen Fisch schon im Mund, er frißt ihn aber nicht, weil der ihm die Zähne putzt? Das ist zu pädagogisch, um wahr zu sein.

Hier am Riff gelten andere Gesetze als im offenen Meer; das Riff ist ein Kulturraum.

Sie lachte. Er verstand nicht genau, warum sie lachte. Aber es schien ihr zu gefallen, was er erzählte. Und jetzt lachte er auch. Er mochte es, wie sie zuhörte.

Aber es gibt auch falsche Putzerfische, das gibt es auch. Sie tun so, als wollten sie nur putzen, und dann reißen sie doch Kiemen und ganze Hautfetzen ab. Aber prinzipiell kann man sagen, daß sich die Fische am Riff in Ruhe lassen, auch solche Fische, die sich im offenen Meer angreifen würden.

Riffe, die friedlichen Ränder der Ozeane.

Friedlich, artenreich und am Abgrund, sagte er.

Auf einmal schien es wieder, als habe sich das Tempo in der Halle verändert. Die Rolltreppen waren schwarz von Körpern. Eine ungeheure Menschenenergie schob in Verzweigungen durch den gläsernen Raum. Das Surren der Rollkoffer verdichtete sich zu einem Brausen. Die Sicherheitsdurchsagen schienen nun in kürzeren Abständen zu kommen. Sie ging ein paar Schritte zur nächsten Abflugtafel und las Namen, eingelassen in Zahlen und buntes Blinken. Reiseziele flogen auf und verschwanden wieder wie Spielkartenchips auf dem Samt eines Roulette-Tisches: Odessa, Kairo, Amsterdam.

Zero, dachte sie, man könnte auf Zero setzen.

XIII DER RAUCHER

Romanesco-Blumenkohl. Ein Gewächs aus den immer gleichen Formen. Mathematisch nicht einfach beschreibbar. Keine Kreise, keine Dreiecke, keine Vielecke. Schwer absehbare Muster. Sich selbst ähnliche Strukturen in verschiedenen Größen. Nur sich selbst ähnlich. Riesige komplexe Gebilde aus nichts als sich selbst. Nähe. Was für ein Insichkreisen. Wir atmen. Wir rauchen. Uns ähnliche Körper. Haut. Wir gehen ineinander über. Gespenstisch. Luft und Haut. Pro Minute verliert ein erwachsener Mensch 50 000 tote Hautzellen. Das läßt sich ausrechnen. Weltweit fliegt eine geschätzte Milliarde Tonnen toter Hautzellen durch die Atmosphäre. Staub ist Haut. Wir atmen uns. Gespenstisch. Wir gehen ineinander über in unserer Einsamkeit. Ich sehe die anderen nicht mehr. Sie verschwimmen. Die junge Frau im weißen Webpelz ist fort. Ich werde sie nie mehr sehen. Ich werde nie erfahren, wer sie war. Ich hätte sie ansprechen können. In welcher Sprache? Haut. Wir atmen uns in unserer Fremde. Der Rauch hat sich verdichtet. Versunkene Gespräche. Komische Formen. Ich bin ein Schwindel. Ich höre ihren Namen. Ich höre ihren Namen, den ich rufe. Marie. Wir waren am Meer. Marie über dem Meer. Marie, schrie ich, Marie.

Es war doch ganz vernünftig. Es war zu früh. Marie, es ist zu früh. Versteh doch, sei vernünftig. Wir hatten nichts, und ich stand strahlend am Anfang meiner Kariere. Es war wie ein Sog: die Zukunft. Wir waren jung, ehrgeizig. Windeln, was für ein absurdes Wort. Ich war ehrgeizig. Ein Kind hätte nichts geändert, später. Wir waren uns selbst genug, sich selbst ähnliche Körper. Und dann: Muttermund. Was für ein Wort. Das konnte man nicht wissen. So früh, das ist selten. Sie war tapfer. Sie blieb schön. Man sah ihr nichts an. Sie wurde sportlich. Erst Schwimmen, dann Laufen. Halbmarathon. Marathon. Mit schlanken Freundinnen. Amazoninnen. Manchmal verschwand sie für Tage. Wenn sie zurückkam, wußte ich, sie hat etwas gesehen, das sie nicht erzählen würde. Oft war ich nicht da. Ich hätte gewarnt sein müssen.

Wie sie im Garten stand, in diesem grauen Etuikleid. Der Teetisch neben dem Holunder. Das englische Silber. Sie war versorgt. Sie hatte alle Freiheit. Sie ruft nicht an. Andere Ehen scheitern auch, trotz Kindern. Es lag nicht an den Kindern. Was heißt scheitern? Was heißt überhaupt scheitern? Warum ruft sie nicht an? Sie ist albern. Sie übertreibt. Sie hat übertrieben. Wohin treibt sie mich?

Der Druck auf der Blase wird immer stärker. Ich kann nicht mehr lange sitzen bleiben. Das ist nicht die Prostata. Ich muß nur tatsächlich pinkeln. Was heißt tatsächlich. Bald nimmt dir das keiner mehr ab. Noch nicht. Die Prostata kommt noch. Die Stärkungspräparate. Die Windeln. Der Geruch. Diese Mischung aus Reinigungsmitteln und Urin. Wo sind die Toiletten? Ich habe sie doch vorhin gesehen.

Ich habe keine Ahnung, wo ich bin. Da muß eine Tür sein, aus Plastik. Zwei Türblätter aus Hartplastik, die zufallen. Damit kein Rauch nach draußen dringt. Sich selbst ähnliche Formen. Die Toiletten müssen ganz in der Nähe sein. Ich werde jetzt ganz langsam aufstehen und zur Tür gehen. Ich bin ein gutaussehender Mann. Professor der Biochemie, Ordinarius. Spectabilis. In Kürze Emeritus. Sie muß gleich da sein. Ich werde durch diese Tür hindurchgehen. Mir kann nichts geschehen.

XIV TOBIAS

Tobias kannte den Nebel. Er nahm Flugzeuge weg und schien die Lichter der Rollfelder aufzusaugen. Je ferner das Außen nun wirkte, um so konturierter wurde das Glitzern in der Flughafenhalle. Auch alle Geräusche bekamen eine neue Dringlichkeit. Das Klicken der Kaffeemaschinen, das Aufbrausen der Lamellen in den Start- und Landetafeln, das lineare Surren der Rollkoffer, die Sicherheitsdurchsagen. Das Aquarium leuchtete still. Elis, hatte sie gesagt, heiße sie, wie eine Landschaft in Griechenland.

Sie hatte am Mittelmeer gelebt. Nein, er kannte Athen nicht, und er hatte auch keine Tiere von dort. Seine Tiere kamen aus den tropischen Meeren. Jetzt war sie verschwunden. Auf einmal hatte sie ihm nur kurz zugenickt. Er hatte es nicht ganz verstanden. Er dachte, sie sei gleich wieder da. Vielleicht wollte sie sich etwas zu essen kaufen. Vielleicht war sie auf die Toilette gegangen. Und schweifte jetzt wohl durch das Verkaufsareal. Offensichtlich hatte sie Zeit. Sie war eine seltsame Müde. Er hatte versucht, ihr zu erklären, wie ein Aquarium eingefahren wird. Er wußte nicht, was sie verstanden hatte.

Zunächst hatte er von der Empfindlichkeit der Meerestiere gesprochen. Anders war der Aufwand um das richtige Wasser kaum zu erklären! Das zumindest konnte er vermitteln, als sie so neben ihm blieb und nicht wußte, was sie tun sollte mit dieser leeren Zeit bis zum Weiterflug. Sie hätte schlafen sollen.

Sie hatte keine Vorstellung von einem Riffaquarium gehabt. Ein bißchen Salz ins Wasser, Fische hinein und fertig. Aber so ging es ja nicht. Und schon gar kein Leitungswasser! Er hatte das Wort Ionenzusammensetzung gesagt. Ein schönes Wort, wie er fand. Sie hatte ja von schönen Sätzen gesprochen. Sie hatte diesen Piloten erwähnt. In einer Höhe von 12 000 Metern werde es auf einmal merklich dunkler. Dann beginne das Weltraumdunkel. Und sie sprach von den drei Raumebenen, in denen ein Pilot ein Flugzeug bewegte. Na und? Fische schwammen auch so.

Er fand ja, daß auch er Schönes erzählen konnte. Das gehörte jetzt schließlich zu seinem Beruf. Gut, ein Pilot hatte noch andere Perspektiven, er kannte ferne Länder. Nicht nur ein Aquarium. Aber dann hatte er zu ihr gesagt, übrigens, übrigens hatte er gesagt, alle diese Fische hier sind auch schon geflogen. Was, hatte sie geantwortet? Na, hatte er zurückgefragt, was sie denn glaube, wie die Fische aus den Meeren der Welt hierhergekommen seien? Mit dem Flugzeug natürlich. Da hatte sie wieder gelacht, richtig gelacht und ins Becken geschaut, als könne man den Tieren ihre Flugerfahrung ansehen.

Nun hatte er etwas über die biologische Reifung des Wassers erzählt. Als Photographin konnte ihr Chemie nicht ganz fremd sein. Am Anfang zumindest, so jung war sie doch wohl nicht, mußte sie noch in Dunkelkammern mit Entwicklungsbädern gearbeitet haben.

Aber das schien sie dann doch zu verblüffen (er hatte gesehen, wie genau sie auf einmal zuhörte), daß es vier oder auch sechs Wochen dauern konnte, bis das Wasser halbwegs stabil war. Und das waren Wochen im Aquarium, in denen von Fischen noch keine Rede sein konnte. Zunächst, hatte er begonnen, mußte natürlich die Technik installiert werden, Strömungspumpen, Eiweißabschäumer, Heizer, PVC-Verrohrung eingebaut und alles für den Filtersumpf vorbereitet werden, am besten unsichtbar in einer Ebene unter dem Aquarium und doch gut erreichbar. Er hatte eine Geste hin zum Sockel gemacht und zum Boden gewiesen, an die Seite zur weißen Tür und nach oben. (Er hatte kurz überlegt, ihr das einmal zu zeigen. Aber dann hatte er entschieden, daß das doch zu weit gegangen wäre. Er hatte diese Innenwelt noch keinem der Reisenden gezeigt.)

Das Aquariumvolumen, das sie sehe, sei nur die Hälfte des Aquariums. Die andere Hälfte liege versteckt, man brauche verborgene Räume für die Technik. Detailfragen der sensiblen Glasbohrung und Probleme der Dichtung ersparte er ihr. Er sagte auch nichts von Silikonklebern, die ja eine Revolution in der Aquaristik eingeleitet hatten. (Obwohl ihr, wenn er nun darüber nachdachte, Worte wie Glasbohrung und Silikonkleber vielleicht gefallen hätten.) Also, wenn es dann bei den Probeläufen nirgends sickerte, hatte er erklärt, konnte das Becken gefüllt werden, zunächst mit zwei Dritteln aufbereitetem Süßwasser, in das Meersalz eingestreut werde.

Und dann begann das Spiel, das der, der damit anfing, gewinnen mußte. Schließlich ging es um Leben und Tod. (Ganz so hatte er es nicht gesagt, er hätte es peinlich gefunden, in diesem Augenblick pathetisch zu sein.) Deshalb hatte er nur: mit Ruhe – gesagt, dieses Spiel beginne sehr langsam, und dann brauche es Geduld.

Stehenlassen. Warten. Ein, zwei Tage ohne Licht, ohne Abschäumer, keine Filteraktivität. Nun begann das Messen, das ständige Justieren mit Salz- und Süßwasser, ein vorsichtiges Ausbalancieren, bis die exakten Dichtwerte erreicht waren. Am vierten Tag vielleicht konnte man lebende Steine dazugeben. Sie wurden unter eine hohe Strömung gesetzt und mit halophilen – halophilen sagte er zuerst, aber gleich war ihm das Wort nicht korrekt erschienen für sie, und er sagte: salzliebenden, mit salzliebenden – Bakterien geimpft. Sie könne sich wohl leicht vorstellen, was jetzt passiere. Wieder hatte sie ihn angesehen mit diesem Blick kurz vor dem Erschrecken. Und für einen Moment hätte er sich entschuldigen mögen, daß er es war, der ihre Augen in diese Offenheit versetzte.

Das Ganze also, hatte er nun betont nüchtern gesagt, immer noch im Dunkeln, noch keine Blaulampen an, keine Tageslichtröhren. Nichts. Sie müsse sich das vorstellen: im dunklen Aquarium fließt jetzt stark strömendes, aggressives Salzwasser. So ziemlich alles, was auf den lebenden Steinen noch lebt, stirbt jetzt ab.

Und nun erst beginne im Aquarium die Zeit. Und dann hatte er: Licht – gesagt. Da hatte die Photographin gelacht.

Zunächst ein paar Stunden am Tag und die Lichtphasen langsam steigern, bis mit einer Beleuchtung von zwölf Stunden der tropische Tag simuliert werden kann. An den lebenden Steinen hängen noch Sporen, Larven, Eier. Nach und nach mußte sich jetzt aus ihnen etwas entwickeln. In das Sterben hinein würde es beginnen: erstes Leben, das war ein bräunliches Schmieren von Kieselalgen am Glas. Dann kamen Blaualgen. In dieser Phase war der Nitritwert immer noch hoch, absolut tödlich für Salzwasserfische. Der Ammoniumgehalt würde langsam zu sinken beginnen. Also beobachten, messen, Glas putzen, Steine bürsten, beobachten, messen. Je nachdem, was man vorhatte, nach drei Wochen vielleicht Caulerpaalgen einsetzen. Der Nitrit- und Ammoniumgehalt ist jetzt praktisch unten und bald nicht mehr nachzuweisen. Nun kommen algenfressende Schnecken dazu, erste Einsiedlerkrebse. Wunderbar. Nach sechs Wochen endlich beginnt die Zeit der Fische, Doktorfische am besten, kobaltblau, zitronengelb, robuste Pioniere. Und wenn die dann losschwammen und so über die Steine streiften, als sei diese bemessene Welt schon immer ihr angestammtes Revier gewesen, dann war das – hier hatte er nicht weitergesprochen und nur noch gesagt, daß es gut neun Monate dauern könne, bis ein Salzwasseraquarium wirklich stabil sei und voll besetzt werden könne, manchmal dauere es auch über ein Jahr.

So also, hatte sie geantwortet, wird ein Meer geboren.

Elis war ein Land, dachte er jetzt. Ein südliches Land. Olivenbäume vermutlich. Rötliche Erde, blauer Himmel. Es wäre möglich, nach Elis zu reisen, an die Küsten von Elis. Aber er reiste ja nicht.

Er sah sich nach ihr um.

Sie war wohl nirgends zu Hause. Eine reisende Photographin. Von einem futuristischen Campus hatte sie gesprochen. Und sie lebte eine Weile dort, um für eine Architekturzeitschrift zu photographieren. Sie habe in einem türkisfarbenen Hochhaus gewohnt, ganz oben im 7. Stock, und die Fenster seien schmal und bodentief gewesen. Natürlich nur zum Kippen, aber eben ohne Sims, ohne Gitter, Glas von der Decke bis zum Boden. Sie sei noch bis zuletzt erschrocken, wenn sie so am Glas stand, und tief unter ihr habe sie die Menschen gesehen, kleine bewegliche Muster, wie sie dort joggten, Fahrrad fuhren oder ihre Hunde den Kanal entlangführten. Ja, der Campus habe an einem Kanal gelegen. An einem berühmten, schon sehr alten Kanal, der die riesige Stadt mit dem Meer verband. Sie habe in diesem Haus kaum jemanden getroffen. Im Treppenhaus sei man schnell aneinander vorbeigegangen. Es sei ein Haus für Wissenschaftler gewesen, die hier für ein paar Tage oder Wochen blieben, zu Studienzwecken. Jeder war mit sich beschäftigt. Jeder hatte ein kleines Studio, in dem jeder für sich alleine kochte. Alle mit diesen schmalen, bodentiefen Fenstern. Aber dann habe es die Feueralarme gegeben. Man hatte sie entschuldigend gewarnt. Das sei eben so in einem so großen Hochhaus. Sie müsse sich darauf einstellen. Und als sie das wilde Heulen der Alarmanlage zum ersten Mal aufweckte, sei sie erschrocken. Aber bald habe sie sich auf diese nächtlichen Unterbrechungen gefreut. Alle kamen dann aus den Zimmern, noch ein wenig schlafwarm, den Mantel über dem Nachthemd, der Schlafanzughose. Einzelne oder zu Paaren. Ein Kind war auch dabei, das immer seine Stoffgiraffe mit sich trug, deren lange Beine ihm über die Schultern hingen. Und langsam erkannte sie ihre Mitbewohner, die im Dunkel auf dem Campushof warteten. Man lächelte sich an. Im Gestörtsein war man eine Gemeinschaft, hatte sie gesagt, das sei komisch gewesen. Aber auch ein wenig schön. Die griechische Frau mit dem Häkeltuch, ihr Mann in den dicken Pantoffeln. Die zwei jungen Holländerinnen mit den bunten Strümpfen. Ein einzelner sportlicher Spanier, der immer mit seinem Rucksack kam. Dann heulten auch schon die Sirenen von drei Löschfahrzeugen auf das Gelände des Campus, und Feuerwehrmänner mit riesigen gelben Helmen und dicken roten Jacken stiegen aus, ganz gelassen, ja gelangweilt, und inspizierten das hohe Treppenhaus mit Wärmemeldern. Nach wenigen Minuten waren sie wieder verschwunden. Dieser Vorgang sei letztlich nicht zu erklären gewesen. Er habe sich wiederholt. Manchmal nur alle drei Tage, manchmal zweimal in einer Nacht.

Und das hat Sie nicht gestört, hatte er gefragt.

Nein, hatte sie gesagt, eigentlich nicht. Wissen Sie, man hat sich dann wenigstens gesehen. Man gehörte während so eines Feuerwehralarms zu den andern. Und sie sei dann gleich immer wieder eingeschlafen, ein wenig heiterer vielleicht.

This music crept by me upon the waters.

Manchmal sei sie nachts – es sei sehr schnell dunkel geworden, und sie konnte nicht mehr photographieren – unten am Wasser an diesem Kanal gesessen. Das Wasser, hatte sie gesagt, sei sehr schwarz gewesen.

Und es waren Schwäne da, zwei Schwäne. Ein Schwanenpaar. Und es sei ganz unwahrscheinlich, wie weiß so ein Schwan sei, nachts auf einem so schwarzen Wasser. Sie sei also am Rand gesessen, und einmal habe sie angefangen, mit den Schwänen zu sprechen. Wenn man den ganzen Tag allein ist, hatte sie gesagt, kann es schon sein, daß man anfängt, mit den Schwänen zu sprechen, nachts, an so einem schwarzen Kanal. Aber da seien die Schwäne einfach davongeschwommen. Und sie habe ihr Abkehren auf sich bezogen, sie habe es persönlich genommen. Sie hatte das etwas verschämt gesagt.

Und dann habe sie die Fische gesehen. Fische, die leuchteten. Ja, hatte er gesagt, das gebe es freilich, Fische, die leuchteten. Er wisse nun nicht, welche Fische das jetzt in diesem Kanal gewesen seien, aber prinzipiell gebe es schon solche Fische.

Ja, hatte sie bestätigt, und sie habe sich nun so sehr angestrengt, diese Fische zu erkennen, aber sie habe nur das Leuchten im schwarzen Wasser gesehen und wie es sich schnell wegbewegte. Auch die Fische, hatte sie da gedacht, schwimmen von mir fort. Und dann waren wieder welche da und die schwammen auch fort, und sie habe ins Wasser gestiert. Und da habe sie es gemerkt.

Was denn, hatte er gefragt.

Die Fische, hatte sie gesagt, waren keine Fische. Was ich gesehen habe, das waren die Spiegelungen der Lichter von den Flugzeugen, die über der Stadt verkehrten. Flugzeuge, hatte er gefragt? Ja, hatte sie geantwortet. Es war eine große Stadt, eine Stadt mit einem Himmel voller Flugzeuge. Und nun hatte sie die Flugzeuge nachts gesehen. Als Fische im Kanal. Aber ich bin doch Photographin, hatte sie noch gesagt. Und dann hatte er nicht gewußt, was er antworten sollte, aber sie hatte schon weitergesprochen. Mile End habe das Viertel geheißen, weil hier die Meile endete, außerhalb derer sich die Juden aufhalten durften. Mile End. Auf dem Campus habe es deshalb einen alten jüdischen Friedhof gegeben. Sephardische Juden aus Spanien, aus Portugal. Schiefe, blasse, verwitterte Steine, liegende Steinindividuen. Das Ganze aber eingezäunt, mitten auf dem Campus, zwischen Bibliothek, Post und Mensa. Und riesengroße Eichhörnchen, graue Eichhörnchen sprangen zwischen den Steinen herum.

Und dann hatte sie auf einmal wieder von Griechenland gesprochen, von Thessaloniki. Saloniki, hatte sie gesagt. Ob er eigentlich einmal in Saloniki gewesen sei? (Warum sie ihn das fragte? Er reiste doch nicht.) Sie habe einmal eine Reporterin begleitet, die über das verlorene jüdische Saloniki gearbeitet hat, über die Deportation von 60 000 Juden durch die nationalsozialistische Besatzung, und da waren sie zusammen über das Universitätsgelände gegangen. Und auf einmal hatte sie Marmor unter ihren Füßen gespürt, Marmorplatten neben der Wiese, ein Weg dann mit ausgeschlagenen Steinen. Der Zacken eines Davidsterns, ein hebräisches Zeichen, und einige Schritte weiter wieder Buchstaben. Während des Zweiten Weltkriegs hatte die deutsche Besatzung, habe ihr die Reporterin erklärt, auch die jüdische Nekropole zerstört. Es müssen Tausende und Abertausende von Grabsteinen gewesen sein. Um so etwas zu zerstören, habe sie gesagt, brauche es doch eine unvorstellbare Wut, eine gewaltige Anstrengung. Panzer vermutlich, habe sie gesagt. Vielleicht Sprengungen. Jedenfalls seien die Marmorpreise in der Stadt damals rapide gesunken. Und noch heute fände man diese Grabsteine in Saloniki, da und dort und eben auch noch auf dem Gelände der Universität, wo bis vor einem kleinen Menschenalter eine uralte jüdische Totenstadt gelegen hat.

Und nun hatte sie sich auf einmal gebückt und war in die Hocke gegangen und hatte ihre Hände auf den Boden gelegt. Suchen Sie etwas, hatte er noch gefragt, eine Wasserader?

Man spürt es nicht, hatte sie gesagt, man sieht es nicht, und man spürt es nicht.

Was für kleine Hände sie hat, hatte er gedacht. Jetzt hockte sie am Boden mit diesen Händen und tastete nach was?

Sie war wieder aufgestanden und hatte ihn angesehen.

Die Eisenbahn von Kunming nach Xichang, Weltraumbahnhof, Kosmodrom, wissen Sie. Nein, er wußte es durchaus nicht. Diese Eisenbahn jedenfalls, eine Weile führt sie am Jangtse entlang, der sie zu umflechten scheint. Und sie geht dauernd durch Tunnels, die Eisenbahn kämpft zwischen Berg und Fluß. Und auf den Reisfeldern stehen Wasserbüffel. Und ein Mann, bis zu den Schenkeln im Wasser, pflügt. Ja, hatte er gesagt. Das könne er sich vorstellen. Und sie ist sehr langsam, diese Eisenbahn. Hatte sie gesagt. Sehr, sehr langsam. Und? hatte er gefragt. Ihre Übersetzerin, hatte sie gesagt, habe ihr gesagt, daß man pro Kilometer gelegte Eisenbahnschienen einen Menschen rechne. Er hatte nicht verstehen wollen. Ja, es sind sehr viele Menschen beim Bau dieser Strecke gestorben, an Erschöpfung, bei Unfällen. Pro Kilometer ein Leben. Das sei doch schnell genug, oder?

Und ob sie dann, hatte er nun doch gefragt, also das Gefühl gehabt habe, sie fahre über Leichen. Ja, hatte sie gesagt, schon. Und ob sie meine, daß sie auch in einem Flughafen über Leichen gehe. Nein, hatte sie geantwortet, aber man spüre es eben nicht, ob da, wo man steht und lebt, schon ein anderer gestorben ist.

Oder geboren wurde, hatte er vorsichtig versucht.

Nein, hatte sie geantwortet, man werde zwischen zwei warmen, lebendigen Beinen geboren, nomadisch. Nur sterben würde man an einem bestimmten Ort, und allein.

Es gibt Frösche, die gebären mit dem Mund, hatte er nun gesagt, obwohl das wirklich nicht recht paßte, aber er wollte verhindern, daß sie jetzt ging.

Aha, hatte sie gesagt und ihn skeptisch angesehen. (Immerhin war sie abgelenkt.) Und er hatte gesagt, ja, er habe das in einem Film gesehen. Es sei nämlich noch anders. Die Mütter schluckten ihre befruchteten Eier. Und brüteten sie in ihrem Magen aus. Schließlich erbrachen die Mütter ihre Kinder. Man konnte in dem Film sehen, wie die Mutter das weiße Froschmaul aufsperrte, und der kleine Frosch in ihrem Mund hob schon ganz munter den Kopf, und die Mutter würgte und würgte noch einmal. Und der kleine Frosch sprang. Und schon hob ein nächster den Kopf und ein nächster. – Das geht doch gar nicht, hatte sie geantwortet. Die Magensäure. Als Kind habe sie Kaulquappen gezüchtet, in Marmeladengläsern, sie wisse, wovon sie spreche. Und was das für ein Aufwand gewesen sei. Wie sehr man sich um Sauerstoff bemühen mußte. Mit einem Gummibällchen habe sie da immer Luft reingeblasen. Sie halte es für ganz und gar unmöglich, daß eine Kaulquappe in Magensäure gedeihe. Genau das sei es ja, hatte er geantwortet. Deshalb sei es so schlimm, daß dieser Frosch, Magenbrüter hieß er übrigens und er lebte im australischen Urwald, daß dieses Tier mittlerweile ausgestorben sei. Es hatte ein Geheimnis! Warum verdaute die Mutter ihre eigenen Eier nicht? Warum schlüpften Kaulquappen, die auch nicht verdaut wurden? Vermutlich sonderten spätestens die Kaulquappen eine Flüssigkeit ab, die verhinderte, daß zu viel Magensäure entstand. Oder die verhinderte, daß die Kaulquappe von ihr angegriffen wurde. Ob sie wisse, was das für den Menschen bedeute?

Sie wußte es nicht. Der Frosch bewahrte das Rätsel eines

anderen Überlebens. Magengeschwüre, nur zum Beispiel, sagte er, Magengeschwüre entstünden, weil zu viel Magensäure gebildet werde. Dieser Frosch hätte uns sagen können, wie man sich vor dieser Säure schützt. Aber nun müsse man von dem Magenbrüter in der Vergangenheit sprechen.

Sie hatte ihn fragend angesehen. Das gibt es ja öfters, hatte er noch gesagt, daß Tiere, vor allem Amphibien, aber auch Tiere der Tiefsee, Meerestiere, Substanzen herstellten, aus denen Medikamente entwickelt werden können. Es gibt einen Frosch, der produziert einen Stoff, der den Herzmuskel stärkt. Und aus dem Gift der Kegelschnecke hat man ein Schmerzmittel für Aidspatienten hergestellt. Wir überleben nicht ohne die Artenvielfalt, hatte er noch gesagt. Und sich sofort geärgert, so pädagogisch gewesen zu sein. Gerade ihr gegenüber.

Die Kegelschnecke? hatte sie gefragt. Ja, die Kegelschnecke, hatte er geantwortet, kommt zu 70 Prozent in Korallenriffen vor.

In Korallenriffen, hatte sie wiederholt, ein bedrohter Lebensraum, nicht? Da hatte er die Hände gehoben und wieder fallen lassen. Die Wüsten in den Weltmeeren wachsen, hatte er gesagt. Welche Wüsten? hatte sie zurückgefragt. Die sauerstoffarmen Regionen, die Todeszonen, hatte er gesagt, sie breiten sich rasant aus. CO2 wirke wie Dünger auf der Wasseroberfläche. Das Plankton nehme alles auf, und dann, wenn all die abgestorbenen Lebewesen in die Tiefe sinken und abgebaut werden, verbrauche das wiederum enorme Mengen Sauerstoff. Es hänge, hatte er noch völlig überflüssigerweise hinzugefügt, eben alles mit allem zusammen.

Sie sei auf einem Schweizer Internat gewesen, im Gebirge, hatte sie da gesagt (war sie es diesmal, die ablenken wollte?), eine Kindheit am Rand der Gletscher, und vor dem Internat habe der Institutsdirektor einen künstlichen Teich anlegen lassen. In dem Teich konnte man schwimmen während weniger gezählter Tage im Sommer. Aber dann habe der Teich wieder zugeschüttet werden müssen. Wegen der Kühe. Ob die Kühe nicht schwimmen konnten? hatte er gefragt. Die Kühe weideten am Teich, hatte sie gesagt. Es gab sehr viele Frösche. Und eine Kuh, die einen Frosch verschluckt, stirbt, hatte der Direktor gesagt. Sie zuckte mit den Schultern.

Und nun hatte sie zu hüpfen begonnen, so als ob sie Himmel und Hölle spielen wollte, sie hüpfte, als seien Kreidekästchen auf den Boden gemalt. Es waren aber keine da, der Boden war grau und glatt, und sie hüpfte und begann, ein Märchen aufzusagen, wie einen Abzählreim: Ein Läuschen und ein Flöhchen HOPS die lebten zusammen in einem Haushalt HOPS und brauten Bier in einer Eierschale. HOPS Da fiel das Läuschen hinein und verbrannte sich. Darüber fing das Flöhchen an laut zu schreien. Da sprach die Stubentüre: »was HOPS schreist du, Flöhchen?« HOPS »Weil Läuschen sich verbrannt hat.« HOPS Da fing das Türchen an zu knarren. HOPS Da sprach ein Besenchen in der Ecke: »was knarrst du, Türchen?« HOPS »Soll ich nicht knarren? HOPS Läuschen hat sich verbrannt. HOPS Flöhchen weint.«

Sie erzählte und hüpfte, mal auf einem Bein in ein Kreidekästchen, das nicht da war, dann wieder die Beine gespreizt in zwei Kreidekästchen, die auch nicht da waren. Und erzählte immer weiter: »Läuschen hat sich verbrannt, Flöhchen weint, Türchen knarrt, Besenchen kehrt, Wägelchen rennt, Mistchen brennt, Bäumchen schüttelt sich.« HOPS HOPS HOPS. Bis dann das Mädchen kommt und bei all dem Aufruhr nun sein Wasserkrügelchen zerbrechen will, und der Brunnen, als er das sieht, nur sagt: »Ei, so will ich anfangen zu fließen.« Und er fängt entsetzlich an zu fließen.

Sie hatte sich mit einem Sprung zu ihm umgedreht: Und in dem Wasser ist alles ertrunken, das Mädchen, das Bäumchen, das Mistchen, das Wägelchen, das Besenchen, das Türchen, das Flöhchen, das Läuschen, alles und alle miteinander.

Sie hatte aufgelacht und ihm zugewinkt und war, wie er dachte, nur für kurz in der Halle verschwunden.

XV ELIS

Immer weiter war sie in den tiefen Raum hineingelaufen, ohne etwas zu sehen. Dann hatte sie lange vor einer Abflugtafel gestanden. Sie hatte sich weitertreiben lassen und die Wartezone eines Gates passiert, in der Reisende nach Dubai saßen. Sie sah blonde Frauen in Shorts, dann Schleier über dunkler Haut, Männer in großzügigen Tüchern, und sie meinte, einen fremden Geruch von Menschen wahrzunehmen, und schließlich war sie vor irgendeinem anderen Gate an der Glasfront angekommen. Sie sah hinaus. Es war helle Nacht, und es hatte zu regnen begonnen. Das Raumsegment lag in unmittelbarer Nähe zum Ende der Startbahn. Die Flugzeuge schienen ganz knapp über dem Hallendach in den Himmel aufzusteigen. Sie sah in regelmäßigen Abständen das offene Flügelprofil und den weißen Bauch der abhebenden Maschinen; unwillkürlich wollte sie den Kopf einziehen. Seltsam, dachte sie, wie sich alles überblendet. Wenn man einen Rochen gesehen hat, von unten, wie er schwimmt, sieht man ihn leicht wieder in einem startenden Flugzeug.

Und er, dachte sie dann, tränkt er mir immer noch alles, jeden Himmel und jedes Wasser? Und war doch nur ein

Versuch für ein Gefühl, sie mußte lachen. Pilotentest. Ein simuliertes Du. Laien merken es nicht.

Sie war weitergegangen. Draußen hatte sich der Nebel etwas gelichtet. Der Teer glänzte. Das Dunkel war vom diffusen Licht der Stablampen erhellt; an den stehenden Flugzeugen blinkten kleine Signalleuchten. Im Hintergrund lagen weitere Hallen in einem unerklärlichen Weiß. Kleine Autos, die auch blinkten, verkehrten. Menschen in Sicherheitskleidung waren unterwegs. Sie tauchten auf und verblaßten zu einem Neonstreifen mit einer milchigen Aura von giftig-grünem Gelb. In einer Bö regnete es stärker, dann schwächer. Immer wieder gab es Augenblicke wie diesen, in denen sie es ziemlich unwahrscheinlich fand, am Leben zu sein.

Die Glasfront der Halle war in Wabenscheiben gegliedert. Sie sah hinauf zu monströsen Gelenkstangen in Weiß, die das Dach trugen wie Gliedmaßen einer sichtbar gemachten skelettierten Architektur. Sie ging weiter.

An den niedrigen Tischen in der Wartezone des nächsten Gates saßen sich schwarzgekleidete Männer gegenüber, ohne zu sprechen. Ein Flug war nicht notiert. An einer kleinen Bar seitlich bemerkte sie ein einzelnes Paar. Die Frau wandte ihr Gesicht ab. Es war blaß, von blonden, mit Spray gestärkten kleinen Locken eingefaßt. Das Gesicht des Mannes wurde von einem Pfeiler verdeckt. Über der Tischoberfläche erschien die bedauernde Geste seiner Hände.

Sie hatte dem Aquaristen nicht erzählt, daß sie mit der Muschelpflückerin hinausgegangen war. Sie hatte ihm nicht erzählt, daß sie zu zweit über das Riff gelaufen waren, zur Landseite hin die flache türkisfarbene Lagune, zur Meerseite das bewegte dunkle Blau des Ozeans. Und nur sie beide auf dem sehr schmalen, nur bei Ebbe erscheinenden Riffbogen. Nie hätte sie sich alleine hierher hinausgewagt. Die Frau trug billige Plastiksandalen, die mit einem Streifen zwischen zwei Zehen am Fuß hielten. Sie hatte Turnschuhe an, aus denen das Salzwasser quietschte. Überhaupt war sie falsch angezogen gewesen, die langen weißen Hosenbeine klebten ihr an den Waden. Aber es war so warm, daß die Feuchtigkeit nur als ein anderer Zustand der Luft erschien. Es war egal, ob man naß oder trocken war. Die Frau hatte ein buntes Tuch um den Körper gewickelt, dessen Zipfel beim Gehen um ihre braunen Knie spielten. Sie sammelte Muscheln, Seeigel. Sie pflückte die Tiere wie Erdbeeren. Sie schnitt sie mit dem Messer ab, knackte eine Muschelschale und gab ihr das Fleisch zu essen. Sie nahm es. Es schmeckte kühl, fest und salzig. Sie brach die Schale eines Seeigels und puhlte eine weißliche Substanz heraus. Sie war filigran und schmeckte süß. Sie gingen immer weiter. Der Boden war spröd und kalkig. Sie gingen über Korallen, Anemonen, Schwämme. In kleinen Sielen zuckten Krebse. Die Sonne schien ein flüssiges Licht zu verdampfen.

Schau, sagte später die fremde Frau neben ihr und zeigte auf das offene Meer. Und sie sah die Sichelrücken, die hüpfenden Schwanzflossen schwarzer Delphine.

Das alles war sehr lange her. Sie ließ sich in einen der breiten Sessel fallen, die hier aus Leder waren. In den modernen Großflughäfen sollte es Fitneßräume geben, ein Schwimmbad. Und ordentliche Luft! Es mußte doch möglich sein, den Sauerstoffgehalt in solchen Hallen zu erhöhen. Immerhin flog die Menschheit zum Mond! Diese Luft hier war gefährlich, es wurde einem schwindelig, man konnte nicht mehr denken. Sie war nie so müde wie auf Flughäfen. (War es eine spezifische Müdigkeit, eine Transitmüdigkeit, unabhängig von der Qualität der Luft?) Sie vergifteten einen. In Mexico City gab es an den Straßen Sauerstoff-Stationen. Warum nicht hier? An jeder Rolltreppe, unter den Abflugtafeln könnte eine Sauerstoffflasche stehen. Man wirft eine Münze ein, drückt sich eine Maske auf Mund und Nase, ja meinetwegen eine wegwerfbare Einmal-Maske. Und ist wieder da.

Sie war aufgestanden und weitergegangen.

Durch eine offene Tür sah sie in einen kleinen weißen Raum, an dessen Stirnseite die abstrakte Darstellung einer Kreuzigung hing. Sie ging einen Schritt hinein und sah den Gebetsteppich, gegen Mekka ausgerichtet. Das ist praktisch, dachte sie, Kapelle oder Moschee, ein bedürfnisvariabler Raum. Der Raum war leer.

Sie streifte noch einmal die Seafood-Theke. Das Servicepersonal hatte mittlerweile gewechselt, gerade zerschnitt ein schlaksiger junger Mann einen Hummer.

Sich vom Schauvermögen der Augen lösen, hatte die muntere Yogalehrerin auf Bali gesagt, in einem alternativen

Öko-Hotel, in dem sie einmal photographieren mußte. Sanfter Tourismus und so, Zimmer nur aus Bambuswänden, Waschgelegenheiten zum Schöpfen mit einer Kokosnußschale, natürliches Fackellicht. Eine sündhaft teure 5-Sterne Einfachheit in einem abgelegenen Tal über einem Fluß. Und im Steinbruch nebenan arbeiteten hochschwangere Frauen. Von Hand trugen sie unförmige Brocken hohe, in den Fels gehauene Stiegen hinauf. (Sie hatte sie nicht photographiert.)

Und schon war Bali da. Man sagt, dachte sie, vor dem Tod eines Menschen ziehen seine Lebensbilder vorbei. Wenn das so ist, sterbe ich seit Jahren. Sich vom Erinnerungsvermögen lösen.

Dieses Schwulencafé mit den elaboriert schönen Toiletten (Frauentoiletten, dummerweise war sie zu spät auf die Idee gekommen, sich die Männertoiletten anzusehen), der heftige Grünflash von Reisterrassen. Die schwarzen Schweine in den Dorfstraßen. Dies nur kurz, und schon kam Bali in aggressiven Bildern zurück.

Die Zollschlange. Hitze, eine trübe Halle, Blüten, Urin, Schweiß. Alles klebt. Und sie stand da unter riesigen Monitoren, die zu lieblicher Musik und in perfekter Belichtung die intensivsten Szenen zeigten. Es war ein erschöpfendes, ja ein zunehmend quälendes Warten unter geschmückten, tanzenden geschmeidigen Mädchen, goldenen Tempeln, athletischen Surfern vor schwarzen Stränden, vor weißen Stränden, ein Ausharren unter Hochzeitsprozessionen und sich in Blumen dahinwälzenden Beerdigungsritualen. In der Schlange ging es nicht weiter, keinen Schritt voran, nur die Bilder liefen. Und begannen von neuem. Es war eine fröhliche Gehirnwäsche, eine gut ausgeleuchtete Augenverblödung. Sie war dabei, diese Insel zum erstenmal zu betreten. Was aber jetzt noch sehen?

Sie war eine Magazinphotographin. Auch sie gehörte zu denen, die das Fremde verträglich machen. Sie erfand Wirklichkeit als schönen Reiz. Sie arbeitete für die Erwartungen eines Publikums, das alles schon kannte. Das Niveau gab die Werbephotographie vor. Bei jeder Ankunft sagten es die Bilder.

Der Schlauch vom Flugzeug ins Gate. Jeder Schritt ein kreativer Imperativ: eine rote Peperoni, Schriftzug: *heiß*. Ein roter Schuh mit hohem Absatz, Schriftzug: *Schmerz*. Schritte weiter: die Peperoni mit dem Schriftzug: *Schmerz*, der hohe rote Schuh mit dem Schriftzug: *heiß*. Das Ganze auch mit *Hölle* (Deck eines Kreuzfahrtschiffes, auf dem Menschen halbnackt in der Sonne liegen) und *Ferien* (Bild eines kleinen Zeltes in der Wüste) und dann die Schriftzüge vertauscht. Oder Pillen: *Unsinn*, getrocknete Kräuter: *Medizin*. Und umgedreht.

Ich will schwarze Bilder machen, dachte sie. Schwarze, graue Bilder. Ich will mir die Unschärfe nehmen. Ich bin müde. Sie ging wie blind weiter durch eine Halle, die sich zu wiederholen und zu kreisen schien. Menschen kamen auf sie zu wie Wellen. Sie drehte sich um und geriet in die nächste Brandung. Ich muß aufpassen, dachte sie.

Es war schon so weit mit ihr gekommen, daß sie froh war, wenn man ihr Muster ersparte. Weiße Vorhänge, weiße

Bettwäsche, weiße Tischtücher, Holzböden oder Stein. Das ging. Aber es gab Tage, da konnte sie ein Restaurant sofort verlassen, wenn sie auf den Tischen bunte Teller sah.

Ich sollte schlafen, dachte sie. Aber wo soll ich denn hier schlafen? Eine Hängematte wäre gut, tief einsinken in eine tiefe Hängematte. Warum hängen sie keine Hängematten auf? Weil das nur die Wilden tun.

Sie lehnte sich an einen der Metallpfeiler, die hoch in den Hallenhimmel stiegen. Als sie noch sehr jung war, hatte man sie einem bekannten belgischen Photographen zur Seite gegeben, ein Auftrag an der Elfenbeinküste. Sie sollte mitgehen als seine Assistentin. Man traf sich in Paris, flog gemeinsam weiter nach Abidjan. Sie flog zum ersten Mal über die Sahara. Und unter ihr hörte die Wüste nicht auf. Die Wüste, das war die Erfahrung von Flugzeit. Nach einer Nacht in dem vollklimatisierten Hotel einer französischen Kette, das vermutlich identisch in St. Moritz wie in Barcelona stand, stiegen sie am nächsten Tag in einen uralten Mercedes, der sie über sandige Pisten bis weit ins Landesinnere brachte. Das Ziel waren einige kleine, im Busch verstreute Dörfer, Ansiedlungen, von den Missionen kaum berührt. Sie sollten das Leben von Fetischeusen photographieren, eine klosterähnliche Gemeinschaft von naturheilkundigen Frauen, die Priesterinnen waren und Ärztinnen zugleich. Sie heilten Malaria und Magersucht, mit Medikamenten, die sie selbst zubereiteten aus heiligen und profanen Pflanzen. Sie heilten durch Tanz und Zeremonien. Sie bewahrten geschnitzte hölzerne Fetische in gekalkten Tempeln auf, zu ihren Werkzeugen gehörten

Federn, Muscheln, Perlen, hauchdünne Plättchen aus vermutlich falschem Gold. Sie waren schön. Die älteste von ihnen keine 40 Jahre. Ihre dunkle Haut schimmerte, und die Kaolinzeichnungen auf ihren Körpern stachen ab als leuchtend weiße Muster. Vernarbte Schnittverletzungen an den Armen und auch im Gesicht zeugten von ihrer Initiation. Die Ausbildung der Novizinnen im Hof einer erfahrenen Fetischeuse dauerte, erzählte man ihnen, zwei bis drei Jahre.

Der Photograph war ein guter Photograph. Und er wollte auch diesmal gute Bilder machen. Er hatte einen Blick für Farbabstufungen und Kontraste, Proportionen und Erotik. Er hatte ihr von einem Auftrag bei den Tuareg erzählt und wie er, weil er bestimmte Wechselwirkungen zwischen der Farbe des Sandes, der Kamele und der Kleidung der Männer brauchte, sie schließlich, nach einer längeren Unterredung mit dem Dorfältesten, zwang, ihre blauen Tücher umzufärben. Er hatte ihr erklärt, daß er ihnen klarmachen konnte, daß er der Mann war, der wußte, welches das richtige Blau war. Und der es auch bekam. Sie erinnerte sich, wie sie damals einwendete, er habe dann aber nicht das wirkliche Blau der Tuareg photographiert. Oh doch, hatte er daraufhin erstaunt geantwortet, die Tuareg fanden das neue Blau dann selber gut. Das Blau des Photographen war zu ihrem Blau geworden.

Wenn sie nun an diese Geschichte dachte, die für sie damals eine schlimme Geschichte war, schien sie ihr heute fast rührend, ein böses Märchen aus einer behüteten Zeit. Ein gewünschter Farbton war kein Argument mehr, Tücher neu einzufärben. Und auch dieser Gedanke kippte sofort: immerhin waren nun falsche Bilder möglich, die entstehen konnten, ohne das Gesehene in seiner Substanz zu verändern. (Stimmte das?)

In den Savannenwäldern im fernen Land weit hinter Abidjan wurde sie Zeugin der Rituale von Fetischeusen und Beobachterin der strengen Inszenierung eines Photographen. Er machte die heilenden Priesterinnen zu Models. Er ließ sie tanzen (nicht zum religiösen Anlaß, sondern gegen Geld, Trinkgelder im Verhältnis zu den sonstigen Reisespesen). Er ließ sie gehen, immer wieder gehen, in der richtigen Reihenfolge, vor dem richtigen Hintergrund, Palmen, Hütten, Wellblechdächer, erst halbnackt, dann nackt (nur am Anfang sträubten sie sich; er hatte diese Münzen und die Autorität des weißen Mannes), und er gebot ihnen, ihre länglichen Fetische hoch zwischen ihre vollen Brüste zu halten wie einen umworbenen Penis. (Ohne seine Anweisungen hatten sie die Figuren vor ihren Leibern getragen wie ein zu schützendes Kind.) Seine Photos wurden gut, sie hatten jenen subtilen Hauch des sofort Eingängigen und zugleich Noch-nicht-Gesehenen; sie erschienen in großzügigster Aufmachung, eine Bildstrecke über mehrere Seiten. Noch Jahre später hatte sie einzelne dieser Bilder in verschiedenen anderen Magazinen gefunden (sie kannte und erkannte die Gesichter der Frauen), nun in völlig anderen Zusammenhängen mit kuriosen Bildunterschriften: Tänzerinnen aus Ghana, Priesterinnen aus Mali. Es waren gute Bilder, die die Agenturen weltweit verkauften als ein frisches Label für Afrika.

Sie mußte immer weiter gegangen sein, und, ohne es zu merken, war sie wieder bei den Plastiksesseln vor den Fischen angekommen. Sie setzte sich. Es war fraglos der beste, und wie es ihr schien, für sie nun der einzig mögliche Ort. Wenn man so davorsaß, machte das Aquarium den Flughafen vergessen.

Der Aquarist war fort. Sie trank aus einer neuen Wasserflasche. Sie hatte sich von ihm nur flüchtig verabschiedet und, wie sie dachte, doch nur für kurz. Sie hatte auf einmal Angst bekommen, als sie so neben ihm stand, nicht wissend wovor.

Das Aquarium ist wie ein Auge, dachte sie jetzt. Nein, nicht weil die Fische Augen haben und uns vielleicht sehen. Das Aquarium selbst sieht uns. Und sie tauchte ein in den ruhigen Blick, in das Meer hinter Glas. Es ist wie schlafen, dachte sie. Fast wie schlafen.

XVI TOBIAS

Als Tobias Winter aus dem Technikraum zurückkam, sah er sofort, daß sie wieder da saß. Sie sah ihn nicht.

Ein altes Ehepaar hatte sich neben ihr niedergelassen, Tüten und Taschen zur Seite, in denen die beiden nun kramten. Sie wickelten etwas ein, wickelten etwas aus, schichteten ihre Habseligkeiten wieder um. Sie sind nervös, dachte er, sie haben ein wenig Angst vor dieser Reise, bei der sie nicht unterwegs aussteigen können. Sie beschwören die Unabsehbarkeiten des Fluges, indem sie ihre kleinen Dinge immer wieder sortieren und in eine noch praktischere, noch sicherere Ordnung bringen. Aber die Photographin schien nichts davon zu bemerken. Sie hatte den Kopf zurückgelegt. Ihre Augen waren geschlossen. Und Tobias sah, daß sie wach war. Sie konnte nicht entspannen. Ein Fluchttier wohl auch.

Es war ihm nicht unangenehm, daß sie sein Aquarium nicht photographiert hatte. Sie schien sich einfach nur zu merken, was er ihr sagte, und behielt es. Das gefiel ihm. Vielleicht gefiel ihm das sogar sehr. Sie nimmt nur mit, was sie sich zu eigen gemacht hat, was ihr schon gehört, dachte er.

Die alte Frau hatte nun begonnen, eine Apfelsine zu

schälen. Sie legte sich die Frucht zu einem Stern geöffnet auf eine Papierserviette in den Schoß. Sie löste einzelne Schnitze. Ihr Mann sah ihr zu. Nun öffnete er den Mund, und sie steckte ihm einen Schnitz hinein. Sie fütterte ihn, damit er sich nicht die Hände klebrig machte. An ihren Fingern floß etwas Saft hinunter. Manchmal leckte sie sich die Finger ab. Ihr Mann schluckte. Sie selbst steckte sich auch einen Schnitz in den Mund. So kauten und schluckten die beiden synchron.

Man könnte, dachte Tobias, auch verheiratet sein. Man könnte ans Mittelmeer reisen. Man könnte schnorcheln, an Felswänden entlang, es gab dort andere Korallen, Seeigel, Seesterne. Er war noch nie geschnorchelt. Er war noch nie getaucht. Mit einer Sauerstoffflasche, in einem Neoprenanzug, mit Flossen und einer Taucherbrille. Man würde nicht alleine tauchen, sondern mit anderen. Man würde sich Zeichen geben. Er hatte das in einem Film gesehen. Auf einmal hatte er Lust zu tauchen.

Vor Jahren war eine Reparatur, mehr eine Korrektur, im Innern des Beckens notwendig gewesen, eine Kleinigkeit, aber die Sache hatte sich nicht von oben beheben lassen. Ein Taucher war in sein Aquarium gestiegen. Er hatte kaum hinsehen können. (Natürlich hatte man ihn gefragt, ob er nicht tauchen wolle, schließlich war es sein Becken, er war der erste, den sie fragten. Aber er hatte sofort abgelehnt.) Und nun war der fremde Mann gekommen. Wenn der nicht aufpaßte, brach er ihm alles ab, das gab Schäden, Schäden, die sich innerhalb von Jahren nicht regenerieren würden. Korallen wachsen langsam nach. Er war damals in den Technikraum gegangen und hatte nervös die Filter geprüft. Als der Spuk vorbei war, hatte er mit dem absaugenden Reinigen des Riffs begonnen.

Auf einmal bemerkte Tobias Winter eine schmale junge Frau, die am Aquarium entlang ging. Sie schien ziemlich groß, lange Beine, eine Läuferin. Ihr Pferdeschwanz wippte. Mit der Handfläche machte sie kreisende Bewegungen über das Glas. Eine Nervosität, ein Spleen? Sie hatte kein Gepäck bei sich und bewegte sich spinnenhaft in schwarzem Rollkragenpullover und schwarzer Hose. Manchmal blieb sie stehen und fuhr nun langsamer, wie suchend, das Glas mit dieser flüchtigen Berührung ab. Eine seltsame Choreographie. Ein kühles Abtasten. Sind wir beim Sicherheitscheck? dachte Tobias, da prüft sie das Aquarium wie mit einer Handsonde. Sie kontrolliert, dachte er und mußte lachen, ob die Fische etwas schmuggelten. Gifte, Götter, Geheimcodes aus dem Gedächtnis der Ozeane.

Die junge Frau war schon vorüber, ihr Pferdeschwanz verschwand in der Menge, und nun sah Tobias, wie sich die Muräne sehr langsam aus ihrer Höhle schob. Sie pumpte, sie blies die Backen auf, als ob sie sänge. Ich werde sie ihr zeigen, dachte er. Sie wollte sie doch sehen.

Und auf einmal war das Buch wieder da, der Sound der Verse kam wie eine Woge zurück:

What have we given?
My friend, blood shaking my heart
The awful daring of a moment's surrender
Which an age of prudence can never retract
By this, and this only, we have existed.

Schauen Sie, Elis, sagte er da so leise, daß sie es unmöglich hören konnte.

XVII DER RAUCHER

Es blendet. Wieder eine Schwingtür. Aber ein Pendel, Metall. Nein, keine Schwingtür. Niemand hat etwas bemerkt. Ich habe es gut geschafft. Betrunkene passen auf ihren Weg auf. Stumpfe Messer sind gefährlich.

Dieser Glanz, der Geruch. Das stimmt. Ich bin da, wo die Klos sind. Ein bißchen Andrang hier. Kein Rauch, nur passagerer Menschenverkehr. Da sind ja schon die Becken. Jetzt schwanke ich doch tatsächlich. Nein, Schwanken ist es nicht, eine leichte Unsicherheit. Ich muß achtgeben. Der Hosenbund und nun tiefer der Reißverschluß. Da, neben mir stehen schon die anderen. Alles ganz normal. Jetzt nur unauffällig bleiben. Der Schlitz in der Unterhose. Daß man als Mann auch dauernd an seinen Genitalien rumfummelt. Ich bin potent, also bin ich. Ich mag das nicht. Ich fand Keuschheit immer erotisch. Und sie, sie war eine Frau, mit der ich keusch sein konnte, auch wenn ich mit ihr schlief. Du schläfst mit mir, hat sie einmal gesagt, so wie du ein Glas Milch trinkst. Sie hatte sich aus dem Bett aufgerichtet und mich angesehen. Die schönen Bögen ihres Schlüsselbeins. Ich habe ihr nie gesagt, daß mir das gefallen hat, ihr Schlüsselbein. Ich habe damals überhaupt nichts gesagt. Wie Milch.

Strahlende Becken, bestes Porzellan, da hat man mal nicht gespart. Ich schätze das. Und diese filigranen Zielfliegen. Schwarz, in jedem Oval eine. Und das ist ja witzig, jetzt fliegen sie doch, sie kreisen. Sie kreisen. Ich höre sie brummen. Bsssssssssssssss. So ein Quatsch. Sie sind aufgemalt. Ich höre sie brummen, und ich weiß, daß sie aufgemalt sind. Schwarz auf weiß, schwarz auf weiß. Immer die gleichen Muster. Nimm dich zusammen.

Vielleicht war es doch ein bißchen viel Whisky. Mein Schwanz. Wie er jetzt zwischen Daumen und Zeigefinger liegt. Ein fremdes Glied. Wie hat sie ihn gesehen. Was wußte er von ihr, was ich nicht wußte. Wie fern man sich ist. In dieser Nähe. Unwahrscheinlich, so eine Ehe. Im Grunde unvorstellbar. Es wird gleich gehen. Dieser Druck. Gleich wird mir schwarz vor Augen. Nein, alles eine Frage der Haltung. Vorsicht. Ah, die weiße Wand. Was für eine gepflegte weiße Wand. Dann sollen sie doch sehen, daß ich mich abstützen muß. Wie kühl sie sich anfühlt. Milch. Wie sauber, nicht diese kondensierte Pisse über den Becken. Es wird gleich gehen. Daß ihr überall einfach pinkeln könnt, das ist wirklich ein Vorteil, hatte sie gesagt. Sie hatte keine Ahnung. Ihre Zähne, ihre kleinen weißen Zähne. Warum fallen mir jetzt ihre Zähne ein. Zu blöde, ich schwanke. Ich hätte in die Kabine gehen sollen. Es wird schon gehen. Der Kerl neben mir. Ein Strahl wie ein Gaul. Das hilft doch immer. Wenigstens das.

Sein Echo sein.

Jetzt Händewaschen. Als sei nichts. Unauffällig die Waschtische ansteuern. Gut, da sind sie ja. Glatte Fläche, wunderbar der Druck des Beckens an der Lende. Ich steh sicher. Warum fließt das Wasser nicht? Diese verdammten Photozellen. Da steht man und wedelt sinnlos herum.

Wieso sieht der mich jetzt an? Was starrt der Kerl so? Da, mit weit aufgerissenen Augen, hohe Brauen. Ein riesiger Blick. Ein Sog. Eisblaue Augen. Eine Iris wie ein Teich. Was will der Typ? Ich bin doch nicht schwul. Was ist das? Eine scharfe Kontur und doch alles verschwommen. Ich sinke. Und er taucht mit.

Alles wäre auch anders möglich. Anders möglich gewesen. Er weiß es, deshalb ist er da. Sinkend sieht er mir zu, wie ich sinke. Staunend. Sie muß es gewußt haben. Ich sage ihr, daß ich es auch weiß. Daß ich sie weiß. Dieser Schmerz jetzt in der Brust. Manganblaue Glut. Am Sprung erkennt man den Spiegel. Wie der Blick im Spiegel bricht. Sekundenklar im Grauen die silberne Schrift.

XVIII TOBIAS, ELIS

Als sie zurückkam, sah er, daß sie schön war.

Sie war aufgestanden und ging nun auf ihn zu. Er erschrak. Fragen Sie unseren Tierpfleger Tobias Winter. Er wußte nicht, was er tun sollte. Es mußte ein Irrtum sein.

Sie stellte sich dicht neben ihn und sah in die Fische.

Die Strände sind ja weiß, sagte er.

Klar, sagte sie.

Ob sie denn wisse, warum die Strände weiß seien. Sie gab keine Antwort.

Es kommt von den Papageienfischen, sagte er. Sie heißen Papageienfische, weil sie wie Papageien gebogene, scharfe Schnäbel haben. Sie fressen Korallen, auch mit den kalkigen Skeletten. Und natürlich können sie den Kalk nicht verdauen. Also scheiden sie ihn wieder aus.

Fischscheiße, sagte sie. Traumstrände sind Fischscheiße.

Wenn Sie so wollen.

Sie sah einem Schwarm von Silberblättern nach, der vorbeizog wie ein schönes Tuch.

Ich habe die Seepferdchen gesehen, sagte sie.

Wissen Sie, man sieht das nicht, aber es ist gar nicht einfach, in so einem Becken Seepferdchen zu halten. Man muß sie von Hand füttern.

Sie schwieg.

Bei den Seepferdchen sind es die Männer, die schwanger sind.

Ich weiß, sagte sie. Alle Frauen wissen das. Wenn sie nichts über Seepferdchen wissen, das wissen sie.

Ich züchte Seepferdchen, sagte er.

Sie rührte sich nicht, als habe sie ihn nicht verstanden, und dann sagte sie, vielleicht suchen Frauen eine Nähe, von der Männer gar nicht ahnen, daß es sie gibt. Das heißt ja noch nichts, fuhr sie gleich fort. Wer sagt denn, daß Nähe etwas Gutes ist. Sie können sich das als Mann vielleicht nicht vorstellen.

Nicht satisfaktionsfähig? fragte er.

Sie reagierte nicht.

Er sah sie flüchtig von der Seite an. Sie sah auf die Scheibe, als wolle sie nicht die Fische sehen, sondern das Glas. Aber es sei, sagte sie, dann eben ein besonderes Gefühl von Nähe, wenn etwas in einem wachse. Etwas, das ein Kind werden will. Es wächst im eigenen Körper und ist ein Fremdes. Es wird ein nahes Fremdes sein.

Sie haben Kinder?

Nein, sagte sie.

Extrem dichtbesiedeltes Terrain also, sagte er sofort. Komplizierte Nachbarschaft. Die Konkurrenz am Riff ist groß. Begehrt sind die hellsten Plätze. Was abstirbt, wird überwachsen. Es geht hier immer weiter. Überall ein langsames Wuchern und Überwuchern. Als Aquarist hat man natürlich die Möglichkeit, ab und an einzugreifen. Wir wollen ein Gleichgewicht bei größtmöglichem Artenreichtum.

Nicht alle Tiere vertragen sich miteinander, nicht alle sind in einem Aquarium zu vergesellschaften. Es gibt nicht nur aggressive Nesseltierchen, es gibt auch Fische, die aufeinander losgehen. Seepferdchen sind vor allem langsam, irgendwie hinterher. Sie können sich schlecht durchsetzen. Sie brauchen Nischen. Natürliche Feinde haben sie so gut wie nicht. Im Zweifelsfall setzen sie auf Tarnung. Ein Algenzweiglein unter anderen. Ihr größter Feind ist der Mensch. Das Seepferdchen gilt als ein Aphrodisiakum.

Weil das Männchen so potent ist zu gebären?

Seepferdchenmänner locken, vor allem in den Morgenstunden (wenn es Morgenstunden gibt, hier in dieser Halle natürlich nicht), mit ihren geöffneten Bauchtaschen die Weibchen an. Beide legen für einige Sekunden ihre Bäuche aneinander. Eier und Spermien wandern in den Brutbeutel des Mannes, und dort entwickeln sich dann die befruchteten Eier. Seepferdchenmänner gebären lebende Seepferdchen, ein Schwung Kinder wie eine Wolke.

Cumulus.

Cumulus? Ja, wenn Sie wollen, wie eine Cumuluswolke.

Man denkt, es sind nur Augen, eine glitzernde Wolke aus Augen. Und dann sind es winzige Ponys, die, aus dem Bauch geworfen, taumelnd ihr Wasserdasein beginnen.

Da sah sie ihn an und fragte unvermittelt: Glauben Sie, daß man sein Leben ändern kann?

Er sah weg. Sie hatte diesen Satz völlig klar ausgesprochen. Was sollte er dazu sagen? Ausgerechnet er? Er machte einen Schritt ganz nah an die Scheibe, als müsse er dringend eine Tierunregelmäßigkeit in Augenschein nehmen.

Er sah in den flüssigen Körper der schwimmenden Bilder. Er starrte.

Und auf einmal breitete er seine Arme aus und lehnte sich mit dem ganzen Körper gegen die Scheibe. Er verharrte still. Er atmete tief. Er atmete, und er spürte durch sein Hemd seinen Herzschlag am Glas.

Sie war erschrocken und etwas zurückgewichen.

Und der Rochen kam.

Er schwamm auf ihn zu, drehte ab, kam wieder, drehte. Kam. Und nun legte er sich gegen ihn. Er breitete sich aus, legte seine Bauchhaut gegen den Bauch von Tobias Winter. Sie verharrten einen Moment. Dann trat Tobias Winter zurück. Er legte seine flache Hand auf die Scheibe, da, wo die Mitte des Rochens war. Nun löste auch er sich wieder langsam vom Glas und schwamm davon. Sein Rochenschatten flog über den Sand.

Aber wenn man es ändern könnte, sagte sie nun, müßte man dann anfangen oder aufhören zu lieben?

Die Vermehrung der Korallen, sagte er nach einer Weile, die Vermehrung der Korallen sei vielleicht eines der folgenreichsten Probleme im Aquarium. Natürlich könne man ein Zweiglein abbrechen und mit Silikonkleber an einer anderen Stelle ankleben. Das wachse dann schon.

Bei Weichkorallen aber geht das nicht. Da schneiden Sie ein Stück ab und müssen es woanders annähen. Das ist komplizierter. Es gibt aber auch eine sexuelle Vermehrung der Korallen. Sie allerdings in einem Aquarium zu erreichen, stellt hohe Ansprüche an den Aquaristen.

Sie hatte sich mit dem Rücken an die Scheibe gelehnt und sah zu dem Raumoval vor der Glasfront, wo die Liegen der Wartenden standen. Vor der Scheibe waren keine Flugzeuge mehr zu sehen.

Er sprach weiter, und manches nahm sie auf, anderes ging an ihr vorüber. Sie bildete sich ein, die Bewegungen der Fische in ihrem Rücken zu spüren. Ein vom Sicherheitssystem der Seitenlinien geleitetes Zurückweichen.

Man versucht das in Forschungsaquarien, in Aquarien an Universitäten. Und es gelingt. Es geht vor allem darum, überzeugend Mondphasen zu simulieren. Korallen haben ja einen festen Standort. Sperma und Eier können also nur über die Strömung zusammenkommen. In der Natur ist es so geregelt, daß bei einer bestimmten Mondphase und idealer Temperatur alle Korallen auf einmal Sperma und Eier ins Wasser abgeben. Das Wasser ist dann milchigweiß.

Sie berühren sich nicht, sagte sie, es ist nur das Wasser.

In aquaristischen Versuchsstationen können Sie in eigenen Becken die Kinderstuben von sexuell entstandenen Korallen sehen. Das sieht aus wie winziges Spielzeug aus geblasenem Glas.

Ich bin müde, sagte sie.

Er nickte.

Ich möchte schlafen.

Er lächelte.

Sie sah ihn an, und er wich ihrem Blick nicht aus, gerade so, als würde er auch weitere Fragen ertragen. Sie nickte und ging zur Reihe der Plastikstühle. Sie legte ihren Rucksack als Kopfunterlage zurecht, (die Härte der Objektive vermeidend), zog ihre Turnschuhe aus, nahm ihren langen, sandfarbenen Mantel wie eine Decke über sich. Und drehte den Kopf in den Schatten der Lehne.

Vermutlich hatte Tobias Winter nun Angst. Im Grunde war er, Aquarist in einem der größten Flughafen der Welt, ein eher zurückhaltender Mann, auch wenn er viel Mut und Aufmerksamkeit hatte im Zusammenhang mit Fischen.

Er sah, daß sie tatsächlich eingeschlafen war.

Er ging an das Becken, er ging in den Technikraum. Er kam zurück. Und immer wieder sah er zu ihr hinüber, er beobachtete ihren Schlaf, der leicht und unruhig war.

Sie schlief wie ein flackerndes Licht.

Die Fische schwammen ihre unabsehbaren Bahnen über den bewegten Blumentieren. Reisende kamen vorüber. Übernächtigte Kinder klopften nachlässig an die Scheibe. Und er sagte nichts.

Doch als er sah, daß ihr Mantel heruntergerutscht war – er lag noch nicht auf dem Boden, aber er hatte sich verschoben und würde gleich fallen –, da ging er einfach zu ihr hin. Und auf einmal schien es ihm selbstverständlich zu sein, nach dem Stoff zu greifen und den Mantel wieder ein wenig über ihre Schultern zu ziehen, gerade so, als müsse er sie gegen Zugluft schützen.

ENDE

FSC
www.fsc.org
MIX
Papier aus verantwortungsvollen Quellen
FSC® C083411

Verlagsgruppe Random House FSC-DEU-0100
Das für dieses Buch verwendete
FSC®-zertifizierte Papier *Pamo House*
liefert Arctic Paper Mochenwangen GmbH.

1. Auflage
Genehmigte Taschenbuchausgabe Oktober 2011,
btb Verlag in der Verlagsgruppe Random House GmbH, München

Umschlaggestaltung: semper smile
Nach einem Umschlagmotiv von R·M·E/ Roland Eschlbeck
Satz: Greiner & Reichel, Köln
Druck und Einband: CPI – Clausen & Bosse, Leck
KS · Herstellung: BB
Printed in Germany
ISBN 978-3-442-74245-5

www.btb-verlag.de